알렉산드라·아리아

칼루쏘

테라륨

제3
지구

Vol.3

Vol.3

윤재호 장편소설

MIND
MARK

〈제3지구〉 Vol. 3 등장인물 소개

프랑수아 5세(케이) 제3지구 제국을 다스리는 황제.

아리아 3세 아리아 가문의 후계자이자 케이의 부관副官.

아리아 2세 아리아 3세의 어머니이자 한스-아리아가 권력을 장악하자 물러난 귀족.

알렉산드라-아리아 한스-아리아의 의붓딸이자 아리아 2세의 사촌.

아란테 가디언 가디언 가문의 능력을 이어받은 인물.

바란 섀도우 섀도우 가문의 예언자이자 유일한 생존자.

노라스단테 5세 노라스단테 왕국의 마지막 왕.

히타노 존-스미스 제3지구의 군 장교이자 쿠데타를 일으켜 신정부를 이끈 인물.

히타노(키라시노아의 아들)   어머니와 함께 우주를 여행하는 여행자이자 제3지구의 발견자.

차례

프롤로그 • 012

Part 1. Space Odyssey

1. 독파이트 • 033	2. 의혹과 유혹 • 053
3. 불길한 예언 • 069	4. 대항해 시대 • 081
5. 붉은 새벽의 출항 • 093	6. 우주 해적 • 111

Part 2. Close Encounter

1. 여섯 번째 아이 • 125	2. 롱 굿바이 • 136
3. 동행 • 150	4. 항로 변경 • 160
5. 야합 • 169	6. 각자의 계산 • 181

Part 3. Body/Snatchers

| 1. 태스크 포스 • 191 | 2. 공중전 • 201 |
| 3. 새로운 희망 • 209 | 4. 전사의 귀환 • 216 |
| 5. 떠나는 자, 쫓겨나는 자 • 222 |

Part 4. Forbidden Planet

1. 비밀을 찾아서 • 233	2. 추악한 진실 • 243
3. 분열의 시작 • 255	4. 불시착 • 261
5. 패륜 • 270	6. 돌아가는 길 • 277

Part 5. Death & Rebirth

| 1. 몰락 • 287 | 2. 돌아가는 자 • 296 |
| 3. 죽음과 재생 • 304 | 4. 변이 • 310 |
| 5. 불멸을 꿈꾸는 자 • 318 |

에필로그 • 326

프롤로그

> 만약 누군가의 밑바닥을 알고 싶다면
> 그에게 권력을 쥐보십시오.
>
> -로버트 잉거솔

데오르피오의 군대는 용맹함으로 그 명성을 떨쳤다. 테라륨을 투여한 전사들로 구성된 페르다 왕국의 군대가 여러 은하계를 침략하고 있을 때, 수많은 이웃 왕국들이 백기를 들며 투항했지만 끝까지 저항한 것은 오직 데오르피오 군 뿐이었다.

페르다 왕국의 부대 중 데오르피오 침략의 임무를 부여받은 것은 다름 아닌 케이 루나벤켄도르 대령이 이끄는 부대였다. 그는 자신의 부관인 소령 아리아 3세와 함께 황제의 전함을 이끌고 임무에 나섰다. 페르다 왕국의 실질적 통치자인 데라크스가 케이를 신뢰하지 않으면서 이렇게 막중한 임무를 맡긴 이유는 간단했다. 케이가 전쟁에서 희생되기를 바란 것이다.

하지만 케이는 매번 격전지 마다 승전보를 알리면서 페르다 왕국의 영웅이 되어가고 있었다. 불패의 수장 케이가 이끄는 부대와 그 부대에 소속된 아리아 3세, 그리고 그녀가 이끄는 빛의 기사단의 활약은 페르다 왕국 내에 널리 알려지지 않을 수 없었다.

물론 데오르피오 군도 만만치 않은 전투력을 자랑했기 때문에 케이의 부대가 쉽게 승기를 잡은 것은 아니었다. 무엇보다 케이에게 아리아 3세가 있었다면, 데오르피오 군대에는 화려한 창술을 자랑하는 도로시 장군이 있었다. 아리아 3세의 검술과 도로시의 창술이 맞붙었을 때, 이들의 전투는 상상 이상으로 격렬했고 우열을 가릴 수 없었다.

케이의 부대가 데오르피오를 침략하면서 시작된 전쟁은, 마침내 데오르피오 왕이 항복을 선언하면서 끝이 났다. 하지만 모든 군인이 그 항복에 동의한 것은 아니었다. 도로시와 그녀를 따르던 부대는 항복을 인정하지 않았다. 그들은 숲에 숨어 게릴라전을 펼치며 페르다 왕국의 침략에 저항했다.

페르다 왕국과 데오르피오 사이에는 꽤 깊은 악연의 골짜기가 자리 잡고 있었다. 원래 데오르피오는 '검은 강철'이라 불리는 자원의 생산지로 유명했다. 레이저나 빛의 검으로도 부술 수 없는 검은 강철은 데오르피오 왕국의 각종 방어구는 물론, 전함의 기체에도 사용되었다. 덕분에 데오르피오 왕국의 무기들은 방어력이 우주 최강이라고 불릴 정도였다.

때문에 데오르피오에서는 검은 강철의 외부 반출에 대해 엄격하게 관리하고 있었다. 하지만 우주 정복을 노리는 데라크스가 그런 자원을 그냥 지켜보고만 있을 리 없었다. 데라크스 후작은 데오르피오 왕국의 주요 인물들을 포섭하여 대량의 검은 강철을 빼돌렸고, 빼돌린 자원으로 자신의 전함을 더욱 강력하게 개조해 우주 정복에 활용했다.

분노한 데오르피오 왕은 암살자를 보내 데라크스에게 포섭된 배신자를 처단했다. 이 암살자의 이름은 헤르켄. 바로 데오르피오 군을 이끄는 도로시의 이란성 쌍둥이 동생이었다.

왕의 수하에 있던 암살자 헤르켄은 전쟁이 발발하자 누나 곁에서 페르다 왕국과 싸웠다. 하지만 데오르피오 왕이 항복한 이후, 자신들만의 싸움을 계속하던 그들에게도 결국 패배가 찾아왔다. 이미 무너져버린 나라를 지키기 위한 그들의 노력은 아무런 보답도 받지 못했고, 사기가 떨어질 만큼 떨어진 도로시와 그녀가 이끄는 부하들은 결국 케이의 부대 앞에 무릎을 꿇어야만 했다.

데오르피오 왕국의 마지막 저항군마저 완벽하게 함락

당한 날, 도로시와 미스터 창, 바할 등이 속한 부대원들은 모두 무릎을 꿇고 죽음을 기다리고 있었다. 하지만 상대편의 지휘관인 케이는 그들에게 의외의 제안을 했다.

"난 너희들에게 기회를 주고 싶다."

"……?"

"이곳의 왕은 곧 처형당할 거야. 하지만 너희들까지 그 운명을 따라갈 필요는 없지."

"너희들의 왕을 섬기란 말이냐?"

도로시가 케이를 향해 물었다.

"꼭 그렇게 멀리 있는 상대를 찾을 필요 있나? 일단 네 눈앞에 있는 사람을 따르는 것부터 시작해보는 게 어때?"

"거절한다면?"

"그럼 순리대로 너희들의 왕을 따라 죽으면 된다."

도로시를 제외한 헤르켄, 미스터 창, 바할 등의 다른 패잔병들은 이미 항복과 동시에 모든 것을 내려놓은 상태였다. 하지만 도로시만은 달랐다. 그녀는 마지막 순간까지 데오르피오를 지키는 전사로서 자존심을 굽히고 싶지 않았다.

"이렇게 된 이상, 누구를 섬기든 나에겐 큰 상관은 없다. 다만……."

케이는 도로시가 하는 말을 흥미롭게 듣고 있었다.

"늑대가 개 밑으로 들어갈 수는 없는 법. 나와 싸워서 이긴다면 너한테 복종하겠다."

케이는 그런 도로시의 당돌함이 마음에 들었다.

"흥미로운 제안이군. 다른 이들도 같은 생각인가?"

케이가 도로시 뒤에 있는 포로들을 훑어보며 물었다.

"이들은 모두 내 밑에 있는 부하들이다. 내가 지면 이들도 이견 없이 당신을 따를 것이다. 하지만 내가 이긴다면, 나는 죽여도 괜찮지만 이들은 살려다오. 그것이 내 조건이다."

"꼭 저들의 말을 따를 필요는 없습니다."

옆에서 대화를 듣던 아리아 3세가 끼어들었다.

"이미 데오르피오 왕은 항복을 선언했고 우리는 저들을 포로로 삼든 처형하든 맘대로 할 수 있습니다. 굳이 거래를 해서 우리에게 남는 게……."

하지만 케이는 그녀의 말을 더이상 듣지 않았다.

"제안을 받아들이겠다."

아리아 3세는 그런 케이의 태도에 약간 상처를 받았다. 하지만 케이의 머릿속은 이미 도로시와 겨루는 자신의 모습으로 가득 차 있었고, 그녀의 기분을 살필 여유가 없었다.

"네가 원하는 무기를 골라보아라."

말이 끝나기 무섭게 도로시는 창을 들었다. 케이는 그

모습을 보고 흡족한 미소를 지었다.

"그렇다면 나도 오랜만에 창을 들어야겠군."

얼굴에서 웃음이 가시지 않는 케이를 바라보며, 그것이 이성에 대한 호감이 아니라는 것을 뻔히 알면서도 아리아 3세는 계속 신경이 쓰였다.

각자 무기를 선택한 두 사람은 폐허가 된 전쟁터로 자리를 옮겨서 대결을 시작했다. 먼저 도로시의 창이 날카롭게 허공을 가르며 빠르고 정확하게 케이의 급소로 날아들었다. 케이는 몸을 움직여 급소는 피했지만 다리에 상처를 입었다.

"제법이군."

케이는 도로시의 창술에 감탄했다. 도로시는 케이의 상처가 단숨에 회복되는 것을 보며 경악했다.

"도대체 당신들의 정체는……."

다시 한번 그녀의 머릿속에 전장의 악몽이 되살아났다. 총을 맞아도, 칼에 찔려도 금방 재생되어 다시 달려들던 적들을 생각하면 지금도 구역질이 날 것만 같았다.

"재생력의 비밀이 궁금한가?"

케이가 묻자 도로시는 자기도 모르게 고개를 끄덕였다.

"이게 바로 테라륨의 힘이다."

케이는 대답과 동시에 도로시를 향해 날렵하고 강한 공

격을 날렸다. 하지만 도로시는 방심하고 있지 않았다. 가볍게 케이의 공격을 피하는 것은 물론이고, 오히려 반격하여 다시 한번 케이의 몸에 상처를 입혔다. 하지만 이번에도 케이의 상처는 순식간에 재생되어 말끔해졌다.

"아······."

도로시의 입에서 자신도 모르게 안타까운 탄성이 흘러나왔다.

그 모습을 바라보는 아리아 3세의 속은 다시 한번 까맣게 타들어갔다. 케이는 적에게 쓸데없는 기회를 주는 것도 모자라, 이번에는 중요한 군사기밀까지 구태여 알려주고 있었다.

"어때? 너희들도 이 힘을 갖고 싶지 않나?"

케이의 제안은 노골적이었다. 자신을 따르면 그들도 그런 힘을 갖게 될 거라고 넌지시 암시한 것이다.

도로시의 머릿속은 복잡했다. 왜 케이는 자신에게 그런 제안을 하는 걸까? 그의 의도를 먼저 알아야 했다.

"왜 우리한테 이런 기회를 주려고 하는 거지? 이게 페르다 왕국의 정책인가?"

"아니, 이건 어디까지나 내가 너희에게 제안하는 거야."

"그 얘기는 당신은 페르다 왕국에 충성하지 않는다는 말처럼 들리는데?"

허공에서 두 사람의 창이 부딪쳤다.

"그냥 내가 믿을 수 있고, 나를 따라주는 부하들이 더 필요하다고 해두지."

"당신에게도… 뭔가 사연이 있는 건가?"

서로의 창을 밀며 도로시는 케이와 맞닿을 정도로 가까워졌다.

"나는… 시스인이다."

도로시의 눈빛이 케이의 속마음 깊은 곳에 있는 무언가를 건드린 것일까. 그는 자신의 감춰두었던 과거를 털어놓았다.

"너도 시스인의 운명에 대해 들어본 적 있겠지?"

케이의 말에 도로시가 고개를 끄덕였다.

"그렇다면… 네가 바로 그…….."

시스 전쟁의 이야기는 주변 행성들에서 흥미진진한 이야기로 각색되어 마치 전설처럼 전해지고 있었다. 특히 루나벤켄도르 가家의 살아남은 자로 알려진 사생아의 이야기는 부모들이 아이들이 자기 전 침대에서 해주는 이야기가 될 정도로 유명해졌다.

"그래, 내가 바로 그 루나벤켄도르 가의 아이다."

그 말을 듣는 순간, 도로시의 얼굴에 지금까지 넘치던 전의가 완전히 사라졌다. 그녀는 싸움을 멈추고 창을 내려놓았다.

"항복하겠다."

"나에게 복종하겠다는 뜻으로 알아도 되겠나?"

도로시는 한동안 대답하지 않고 케이의 얼굴을 빤히 바라만 보았다. 그녀의 창술은 케이에게 결코 뒤지지 않는다. 끝까지 싸워 실력을 겨룬다면 그녀는 결국 케이를 이길 거라 확신하고 있었다.

하지만 그녀는 자신의 마음 속에서 뭔가 중대한 변화가 일어났다는 것을 알아챘다. 아마 그것은 어린 시절부터 듣고 자란 이야기 속 주인공을 눈앞에서 마주했기 때문일 것이다. 그녀는 그 이야기를 듣는 순간 케이에게 끌리고 있었지만, 너무 낯선 감정이었기 때문에 자신이 느끼는 게 무엇인지 아직 알아차리진 못한 상태였다.

'어차피 데오르피오는 멸망했어. 쓸데없는 명분에 매달리기보다 테라륨을 주입받아 더 강해지는 게 이익일 거야.'

게다가 도로시는 그런 식으로 합리화하고 있었다.

"대신 약속은 지켜줘. 우리 모두 테라륨을 주입받을 수 있게."

그 말에 케이는 웃으며 고개를 끄덕였다. 약속대로 항복한 데오르피오 군인들은 모두 케이의 전함에 올랐고 테라륨을 주입받았다. 그 과정에서 목숨을 잃은 사람들도 있었지만, 도로시와 헤르켄, 미스터 창과 바할 같은 핵심 병력은 모두 부작용을 이겨 내고 테라륨의 전사가 되었다.

이후 도로시는 케이의 수하가 되어 활약했고, 케이는 그런 그녀를 소령으로까지 진급시켰다. 하지만 부관인 아리아 3세는 그런 케이의 행적에 불편한 감정을 느끼고 있었다.

"케이가 데오르피오까지 함락시켰단 말이지?"

데라크스 후작은 케이 부대의 업적을 보고 놀라지 않을 수 없었다.

"네. 지금은 곧바로 노라스단테 왕국으로 향하고 있다고 합니다."

"그래? 내친 김에 거기까지 싹 다 쓸어버리면 좋겠군."

계속되는 케이의 승전보를 들으면서, 데라크스 후작은 기쁘지만 찝찝한 기분을 숨길 수 없었다.

"그런데 심상치 않은 보고가 좀……."

보고를 하던 대신 한 명이 조용히 이야기를 꺼냈다.

"무슨 이야기인가?"

"케이 대령이 데오르피오 포로들 중에 많은 군인들을 자신의 수하로 편입시켰다고 합니다."

"데오르피오 군인들이야 워낙 용맹하다고 소문나 있으니, 그중에 충성을 맹세한 자가 있다면 거둬들이는 것도 나쁘지 않지."

 데라크스는 자기 맘대로 포로들을 받아들인 케이의 행동이 마음에 들지 않았으나, 군에 대한 편제는 어디까지나 지휘관의 재량에 달려 있었기 때문에 그 부분에 대해선 문제를 삼지 않으려 했다.
 하지만 이어서 들어온 소식은 도저히 그냥 넘길 수 없는 일이었다.
 "뿐만 아니라, 새로 편입된 군인들에게 테라륨을 주입하는 실험을 했다고 합니다."
 "그놈이 내 허가도 없이 자기 맘대로 테라륨 실험을 강행했다고?"
 "네, 그래서 주변에서 말이 많습니다."
 "케이 대령이 후작 님 몰래 자신만의 군대를 만들고 있는 거 아닙니까? 세력을 키워서 반란이라도 준비하고 있는 모양이죠?"
 알렉산드라-아리아가 눈치 없이 끼어들이 데라크스 후작의 기분을 망쳐놓았다.
 "왜? 그렇게 되길 내심 바라고 있나 보지?"
 데라크스가 화가 잔뜩 난 표정으로 알렉산드라-아리아를 돌아보았다.
 "그렇게 보지 마셔요. 저는 후작 님이 걱정되어서 한 말이니까요."

 알렉산드라-아리아는 해맑은 표정으로 데라크스를 보며 말했지만 데라크스의 기분은 풀리지 않았다.

*

 케이는 노라스단테 5세의 항복까지 받아내고 금의환향했다. 그가 페르다 왕국으로 돌아오던 날, 수많은 군중이 환호하며 그의 귀환을 반겼다.
 "우리의 영웅, 케이 루나벤켄도르 만세!"
 그 모습을 바라보며 데라크스 후작은 씁쓸한 입맛을 다셨다. 데라크스 후작은 자신을 영웅시하기 위해 케이를 살려준 일화를 화려하게 각색하여 군중에게 퍼트렸었다. 하지만 대중이 선택한 이야기의 주인공은 케이였다. 그의 일생은 시스 전쟁 이야기와 결합되어, 대중들 사이에서는 몇 번의 죽을 고비를 이겨 내고 마침내 페르다 왕국의 전투 영웅으로 성장한 이야기로 널리 알려졌던 것이다. 이번에 노라스단테 5세에게도 항복을 얻어냈으니 케이의 인기는 말 그대로 하늘을 찌를 정도였다.
 페르다 2세도 돌아온 케이를 두 팔 벌려 환영했다.
 "고생했네! 우리의 영웅!"

하지만 데라크스 후작은 평소와 달리 말없이 두 사람의 대화를 지켜만 보고 있었다. 마침내 황제와 이야기를 끝낸 케이가 혼자가 된 뒤에야 데라크스 후작은 케이에게 말을 걸었다.

"듣자 하니, 테라륨 실험을 했다고 하던데?"

"노라스단테 왕과 전투를 벌이기 위해서는 우수한 군인들이 더 많이 필요했습니다. 마침 데오르피오 군인들도 페르다 왕국에게 충성을 맹세한 바, 용맹한 군인에게 강한 힘을 주입하는 건 왕국을 위해서도 이익이라고 생각했습니다."

데라크스 후작은 케이를 몰아붙이고 싶었지만, 케이가 준비한 대답은 빈틈이 없었다. 그는 이번엔 다른 방향으로 케이를 공격해보았다.

"그래 좋아. 승리를 위해서 포로들을 이용하는 것은 나쁘지 않은 방법일세. 하지만 그중에 도로시라는 자를 소령으로 승급시켰다고?"

"네."

"아무리 페르다 왕국에 충성을 맹세했다고 해도 한때는 칼을 맞대고 싸웠던 자다. 그런 자를 그렇게 중용해도 되는 건가?"

"저는 오히려 한때 적이었기 때문에 중용할 필요가 있

다고 생각합니다."

케이의 말을 데라크스는 이해할 수 없었다.

"도로시는 뛰어난 군인입니다. 데오르피오 왕은 그녀에게 정당한 대가를 내려주지 못했지만 그럼에도 그녀는 마지막까지 데오르피오를 위해 충성을 다했습니다. 그래서 저는 보여주고 싶은 겁니다. 페르다 군은 너의 출신과 상관없이 네 능력에 합당한 대우를 해준다고요."

데라크스는 허를 찔린 느낌이었다.

"과거에 적이었던 자마저 공을 세우면 차별 없이 대우를 해준다, 이런 인식을 확산되면 더 많은 포로들이 페르다 왕국에 충성을 다하고 싶어할 겁니다. 이런 제 생각이 잘못된 것입니까?"

케이는 과거 출신 때문에 차별당한 뼈아픈 경험을 가지고 있었다. 그렇기 때문에 차별 없는 대우와 보상이 얼마나 강한 충성심을 만들어낼 수 있는지 누구보다 잘 알고 있었다.

"알았네. 피곤할 텐데 들어가서 쉬게."

데라크스는 더이상 아무 말도 하지 못하고 케이를 보낼 수밖에 없었다. 완벽한 패배였다.

데라크스와 힘겨운 언쟁을 마치고 숙소로 돌아온 케이

를 기다리고 있는 것은 부관인 아리아 3세였다. 그리고 그녀 역시 케이에게 똑같은 질문을 던졌다.

"언제까지 도로시에게 특별대우를 할 거예요?"

아리아는 노라스단테 전쟁에 참전하지 않고 후방에서 관리 업무를 맡아야만 했다. 때문에 케이와 도로시가 노라스단테 전쟁에서 활약한다는 소식에 불만을 가질 수밖에 없었다.

하지만 이번에도 케이는 당황하지 않고 자연스럽게 대답했다.

"도로시는 훌륭한 전사야. 재능 있고 공을 세운 자를 그만큼 대우해주는 건 당연하고."

"하지만 그자는 적이었어요."

"출신 때문에 차별하는 걸 내가 좋아하지 않는다는 건 잘 알고 있을 텐데?"

케이의 날카로운 반응에 아리아는 흠칫 움츠러들었다.

"자네 같은 귀족 아가씨에겐 그런 차별이 당연한 건지도 모르겠지만."

"제가 귀족인 게 아직 불편한가봐요."

"나같은 사생아 출신은 모든 걸 능력으로 증명해야만 했어."

몇 번이나 반복되어 온 싸움이었다. 아리아는 케이가 사생아 출신으로 자수성가한 자신에 대해 얼마나 큰 자부심을 느끼는지 잘 알고 있었다. 그녀 역시 그런 케이의 대단함을 인정했기 때문에 이런 주제로 언쟁을 벌일 때마다 항상 양보해오곤 했었다. 하지만 오늘만큼은 그러고 싶지 않았다.

"과연 그럴까요? 당신의 숙부는 제루카 대령이었어요. 당신이 그의 도움을 전혀 받지 않았다고 말할 수 있어요?"

"그래, 결정적인 순간에 몇 번 숙부의 도움을 받은 건 사실이야. 하지만 그건 내 목숨을 구하기 위해 그가 베푼 약간의 호의에 불과해. 그나마도 아주 기본적인 도움만 주고 나머지는 내 힘으로 다 헤쳐 나가야 했어."

케이는 아리아가 숙부의 이름을 꺼낸 것에 대해 불편함을 표시했다.

"내 친부는 귀족이었지만 정작 나를 진짜 귀족으로 대한 사람이 누가 있었지? 모두 다 내 친모가 천민이었다는 걸 강조하며 나를 놀렸어. 나는 그 모든 차별을 헤치고 끊임없이 내 능력을 증명해야만 했지."

아리아 3세는 아무 말도 하지 않았다. 어린 시절 케이를 처음 만난 순간부터 그가 얼마나 많은 놀림과 핍박을 받았는지는 그녀가 제일 잘 알고 있었기 때문이다.

"하지만… 그럼에도 불구하고……."

"……?"

"그 별 볼 일 없는 천민 사생아를 따뜻한 눈빛으로 봐주던 예쁜 소녀가 있었지."

갑자기 케이의 목소리가 따뜻해졌다. 그 역시 어느새 아리아와의 첫 만남을 떠올리고 있는 것이 분명했다.

그러자 아리아 3세의 마음을 채우고 있던 질투와 울분도 어느새 눈이 녹듯이 사라져버렸다.

"미안해요, 케이… 내가 말하고 싶었던 건…….."

"알아. 뭘 걱정하는지. 하지만 나는 그들에게 출신과 상관없이 재능 있는 자는 반드시 기회를 받는다는 믿음을 주고 싶어. 물론 그들이 나를 배신할 수도 있지. 하지만 내 믿음을 위해서 그 정도의 리스크는 감수할 거야."

"역시 대담하네요… 당신은."

아리아 3세는 케이에게 달려가 그 품에 안겼다.

"그래도 조심하셔야 해요. 나는 당신의 부관이에요. 당신의 안전을 책임져야 한다고요."

"그래? 내 부관으로서 당신에게 가장 중요한 것은 내 일신의 안전과 만족, 이란 건가?"

"당연하죠."

"그렇다면 지금 중요한 명령을 하나 하지."

"……?"

"옷을 벗고 침대에 눕도록. 오랜만에 내가 사랑하는 사람을 마음껏 탐닉할 수 있게."

같은 시간, 데라크스 후작은 섀도우 가문의 예언자를 만나고 있었다.

"케이의 미래를 알고 싶어. 그가 나를 죽이러 올 악마의 피를 가진 자가 맞는지……."

"지난번에도 말씀드렸지만, 저는 꿈을 꾸는 사람일 뿐입니다. 그리고 알고 싶다고 마음대로 꿈을 꿀 수 있는 게 아닙니다. 모든 건 때가 있습니다."

"당신은 이 섬을 떠나고 싶은 생각이 없는 모양이군."

데라크스 후작은 페르다 1세를 섬겼던 섀도우 가문의 예언자를 살해한 이후 후계자가 된 예언자를 외딴 섬에 가두었다. 그리고 가문의 예언을 독점하려고 했다.

"저를 협박하셔도 소용없습니다. 전 그저 꿈에서 본 것을 들려주는 사람일 뿐이니까요."

결국 데라크스 후작은 아무 성과도 없이 섬을 떠날 수밖에 없었다. 그는 오래 전 케이를 죽이지 못한 것을 두고두고 후회하고 있었다.

그리고 결국 그와 케이에겐 피할 수 없는 미래가 다가오고 있음을, 데라크스는 온몸으로 느끼고 있었다.

Part 1.   Space Odyssey

1.
독파이트

데라크스 후작은 노라스단테 5세가 항복한 후 케이에게 바로 페르다 왕국으로 귀환할 것을 명령했다. 그곳에서도 데오르피오처럼 자신의 부대를 늘리고, 또다른 테라륨 전사들을 양성하는 것이 두려웠기 때문이다.

케이가 귀환했기 때문에 남은 영광을 차지하는 것은 노라스단테 전투에서 함께 싸운 카림의 몫이었다. 카림은 이후 주변의 행성들까지 모조리 함락시키며 무운을 과시했고, 거듭되는 승전으로 태양계 전쟁은 마무리 단계로 들어섰다. 안전한 페르다 성에 있는 귀족들은 호화로운 파티를 즐기며 승리를 축하했다.

"드디어… 당신의 꿈이 이뤄지는 건가요?"

대저택의 발코니에서 사람들의 환호성을 들으며, 알렉산

드라-아리아가 데라크스 후작에게 물었다. 하지만 데라크스는 말없이 미소만 지어 보일 뿐이었다.

알렉산드라는 고급스러워 보이는 잔에 술을 담아 데라크스에게 건네며 말했다.

"우주의 지배자, 데라크스 후작을 위해."

데라크스는 기분 좋게 술잔을 비웠다.

"훌륭한 맛이군."

"아주 오래되고 귀한 술이에요. 이젠 더 구할 수도 없죠. 지구에서 만든 술이거든요. 여행자들에게 아주 소량씩만 구할 수 있어요."

그 말에 데라크스는 다시 한번 잔을 기울여 입에 갖다 댔다. 남아 있는 마지막 한 방울까지 마시고 싶은 표정으로.

"안타깝군. 오랜만에 입맛에 잘 맞는 술을 만났는데… 여행자들이 가져온 지구의 술은 모조리 구입해놓도록 해."

"그 정도는 이미 다 해놓았죠."

"역시… 사업가이신 부친의 기질을 타고 났군."

"그런가요?"

데라크스의 말에 알렉산드라-아리아가 눈웃음을 치며 답했다. 데라크스의 기분이 좋고, 알렉산드라의 일처리에 만족감도 표시했으니, 무언가 부탁할 일이 있다면 이야기를 꺼내기에 좋은 타이밍이었다.

"말이 나와서 말인데, 나도 사업을 좀 해보면 어떨까요?"

"무슨 사업?"

"지난번에 말씀드렸잖아요."

"그… 독파이트 말인가?"

독파이트는 페르다 1세가 오래 전 개최했던 격투기 대회였다. 귀족을 대상으로 한 엔터테인먼트의 일종으로, 돈을 걸 수 있어 페르다 왕국 내에서 꽤 큰 인기를 끌었다.

하지만 데라크스 후작이 권력을 장악한 이후 황제의 죽음을 둘러싼 음모론이 득세하면서 그중에 몇 명이 독파이트 대회와 연관되어 있다는 의심이 제기되었고, 자연스럽게 대회가 중단되기에 이르렀다.

"이제 전쟁도 끝났으니, 사람들의 흥미를 끌 만한 이벤트가 필요하지 않겠어요? 더구나 테라튬 전사들이라는 새로운 재밋거리가 추가됐잖아요. 그들의 능력을 테스트해 보기에도 좋은 기회일 것 같은데요?"

알렉산드라-아리아의 마지막 말이 데라크스의 관심을 끌었다.

'그래, 놈들의 능력이 어느 정도일지 내가 파악할 필요가 있어.'

숫자가 늘어난 테라튬 전사들은 전쟁 중에는 중요한 전력이었으나, 지금과 같은 평화의 시대에는 오히려 위험한 존재로 변할 가능성이 높았다. 그런 의미에서 그들에게 열중할 목표를 던져주고 동시에 그들의 능력과 약점을 파악할 기회를 마련한다는 의미에서 독파이트는 굉장히 효과적인 장치가 될 수 있었다.

"거기까진 생각 못했는데… 제법인 걸? 그래, 한 번쯤은 시도해볼 가치가 있겠어."

"그럼요. 저는 항상 후작 님을 위해 무슨 일을 할까, 그것만 고민하고 있답니다."

알렉산드라-아리아는 데라크스에게 아양을 떨며 한번 더 술을 권했다.

"그런 의미에서 다시 건배할까요? 독파이트의 부활을 위해."

경쾌한 소리를 내며 두 사람의 술잔이 부딪쳤다.

"여러분이 기다리시던 독파이트 대회가 드디어 다시 열립니다!"

콜로세움 안에 모인 수많은 군중들이 알렉산드라-아리아의 선언에 환호했다.

"이 대회의 부활을 허가해주신 황제 폐하께 감사드립니다!"

알렉산드라-아리아가 옆에 앉은 페르다 2세에게 영광을

돌리자 군중들은 페르다 2세를 연호하며 함성을 질렀다.

"페르다 황제 폐하 만세!"

페르다 2세는 멋쩍은 표정으로 손을 들어 군중들의 함성에 화답했다. 사실 그는 이번 독파이트 대회 개최에 있어 아무 일도 하지 않았다. 처음 의견을 낸 것은 알렉산드라-아리아였고, 가장 많은 역할을 한 것은…….

"그리고 대회의 개최를 위해서 애써주신 데라크스 후작님께도 박수를!"

역시 데라크스였다.

"후작 님 덕분에 다시 한번 독파이트를 보게 되다니, 고마움을 어떻게 표현해야 할지 모르겠군요."

기존의 독파이트는 지금 황제인 페르다 2세의 아버지인 페르다 1세에 의해 만들어졌기 때문에 황제는 예전의 추억에 흠뻑 젖어 있었다. 데라크스도 그런 황제를 흐뭇하게 바라보며 대답했다.

"아닙니다. 저는 그저 폐하가 즐거워하시는 것만으로도 족합니다."

페르다 2세와 데라크스가 화기애애하게 덕담을 주고받는 사이, 경기장에는 대결을 펼칠 경쟁자들이 한 명씩 나타나기 시작했다. 첫 등장은 바로 케이와 아리아 3세였고, 그 뒤를 데오르피오 왕국 출신이자 케이에 의해 테라륨 전사가 된 도로시, 헤르켄, 바할, 미스터 창이 따르고 있었다.

"마치 동물원의 구경거리가 된 느낌이군."

관중들에게 둘러싸인 것이 익숙하지 않은 헤르켄이 불만 가득한 목소리로 말했다.

"그냥 좀 놀아준다고 생각해. 받은 게 있으니까 그 정도는 해줄 수 있잖아."

도로시도 지금의 상황이 마음에 드는 것은 아니었지만 누나의 입장으로 헤르켄을 달랬다.

한편 관중들은 한 명 한 명 새로운 참가자가 등장할 때마다 환호성을 지르며 독파이트에 대한 기대감을 드러냈다.

"전쟁 영웅 케이 루나벤켄도르야!"

케이가 처음 등장했을 때 관중들의 함성은 하늘을 찔렀다. 페르다 왕국의 대중들은 그의 이야기를 다 알고 있었고, 그만큼 케이는 사람들 사이에서 대단한 인기를 누리고 있었다.

그리고 그런 대중의 반응을 접한 데라크스의 기분은 그리 좋지 않았다.

맞은 편에선 또다른 전쟁 영웅이 경기장으로 입장하고 있었다.

"카림도 참가했어!"

카림은 전쟁의 마침표를 찍은 영웅으로서 케이에 버금

갈 정도의 인기를 자랑하고 있었다. 이 두 영웅을 콜로세움에서 함께 볼 수 있다는 것만으로 사람들은 더할 나위 없이 흥분했다. 황제인 페르다 2세도 마찬가지였다.

"케이와 카림의 대결이라니! 정말 기대되는군!"

그는 어린아이처럼 무척 들뜬 상태였다.

그때 경기장 한 쪽에서 의외의 인물이 한 명 등장했다.

다른 참가자에 비해 어리고 앳된 용모를 가진 그는, 흰 머리를 날리며 경기장 안으로 들어섰다. 예상치 못한 인물의 등장에 관객들의 시선이 모두 그쪽으로 향했다.

"저건 누구야?"

"글쎄… 처음 보는 사람인데……."

관중들의 웅성거림에는 아랑곳하지 않고, 흰 머리 청년은 귀족들을 향해 자연스럽게 손을 흔들었다.

그리고 그런 그의 모습을 알아본 건, 다름 아닌 황제 페르다 2세였다.

"가디언 가문의 아란테잖아!"

황제는 다시 한번 아이처럼 펄쩍 뛰며 말했다. 그제야 알렉산드라-아리아도 그의 정체를 알아보았다.

"의외네요. 가디언 가문의 후계자가 참가를?"

가디언 가문은 집안 대대로 내려오는 백발과 출중한 외모, 타고난 신체를 가지고 있는 귀족 가문이었지만, 정작 사람들 앞에는 잘 모습을 드러내지 않았다. 그들의 가문에 전해지는 특수한 능력인 기프트의 힘도 베일에 가려져 있었으며, 심지어 순수혈통을 유지하기 위해 결혼도 가문의 사람끼리만 올리곤 했다.

전 우주의 정보력을 손아귀에 쥐고 있는 데라크스 후작도 가디언 가문에 대해선 아는 것이 별로 없었다. 물론 이는 가디언 가문이 페르다 1세 암살 사건을 비롯해 모든 정치적 사건에 개입하지 않는 유일한 가문이기 때문에 가능한 일이었다.

세상에 나서지 않고 세상 일에 간섭하지 않는 은둔자들. 그런데 지금 그중 한 명이 모두가 주목하는 대회에 모습을 드러낸 것이다.

아란테 가디언은 수려한 백발을 휘날리며 케이 앞으로 다가왔다. 그러나 정작 그가 말을 건넨 것은 케이의 옆에 있던 아리아 3세였다.

"당신이 아리아 3세로군요? 어머님인 아리아 2세와 너무 닮아서 금방 알아볼 수 있었습니다. 저는 아란테 가디언입니다."

"네, 반가워요. 가디언 가문 사람이 이런 곳에 나타나다니… 놀랍군요."

가디언은 아리아 3세에게 자신이 이곳에 나타난 이유를

설명하는 대신, 가볍게 눈을 찡긋하며 그녀와의 인사를 마무리했다. 그러고는 옆에 있던 케이를 향했다.

"여기는… 그 유명하신 전쟁 영웅, 루나벤켄도르?"

케이는 아란테 가디언의 모든 것이 마음에 들지 않았다. 자신보다 아리아 3세에게 먼저 인사를 건넨 것도, 그녀에게 남성적 매력을 뽐내며 눈짓을 한 것도, 그리고 전쟁을 겪은 자신에게 자신만만하게 인사를 건넨 것까지도.

하지만 무엇보다도 케이의 마음에 들지 않았던 것은 바로 그 이후, 아란테 가디언이 입 밖으로 꺼낸 한마디였다.

"저는 당신을 비롯한 테라륨 전사들과 겨뤄보고 싶어서 대회에 참가하기로 결심했습니다."

"자신감이 대단하군요. 얼핏 보면 오만함으로 느껴질 정도인데요."

케이는 가디언에게 가시 돋힌 말로 답했다.

"조용한 은둔자들로 불리는 가디언 가문과는 거리가 먼 발언이기도 하고요."

"맞아요. 저희 아버지를 비롯한 우리 가문 사람들은 욕심이 너무 없어요. 세상을 뒤흔들 수 있는 리니지 기프트를 가지고 있으면서도 밖에 나가지 않고 숨어 지내려고만 하죠. 제가 이 대회에 나가겠다고 했을 때 저희 아버지도 말렸어요. 하지만 제 생각은 다릅니다. 저는 이 대회에서 우리의 존재를 분명히 보여줄 겁니다."

케이는 그런 아란테를 한심하다는 표정으로 바라보았다.

"세상에 한 번도 나와본 적 없는 어린아이의 눈엔 세상이 쉽게만 보이겠죠. 하지만 벽에 부딪치는 순간 깨달을 겁니다. 자신이 얼마나 철없이 굴었는지."

"호탕한 전쟁 영웅인 줄 알았는데… 생각보다 무례하시네요."

그 순간 아란테 가디언과 케이 사이에 묘한 긴장감이 흘렀다. 그리고 그 긴장감은 독파이트의 개막 행사가 마무리되는 순간까지 유지되었다.

*

며칠 후, 본격적인 독파이트 대결이 시작되었다. 많은 돈이 오가는 대부분의 도박성 게임이 그렇듯, 독파이트에는 특별한 룰이 존재하지 않았고, 싸움의 승패는 한쪽이 쓰러져야만 가려지는 방식이었다. 그리고 이 대회에서 누군가 목숨을 잃는다 해도 상대에게는 면책 특권이 주어졌다.

한마디로 목숨까지 잃을 수 있는 잔인한 게임이었고, 귀족들은 이러한 게임과 동시에 도박을 즐기고 있었다.

덕분에 독파이트에서 가장 재미를 보고 있는 건 다름 아넌 알렉산드라-아리아였다. 독파이트의 운영권을 비롯해 도박을 주선하는 사업소까지 차려 수수료를 챙길 수 있었기 때문이다.

개막 행사를 통해 참가자들의 면면을 본 귀족들에게 독파이트 대결은 흥미진진함의 연속이었다. 참가자들이 콜로세움 중앙에 모여 보이지 않는 신경전을 벌이기 시작하자 군중들은 숨소리조차 내지 않고 경기장 안에서 벌어지는 한순간 한순간에 집중했다. 군중들은 손쉽게 경기장 안의 참가자들이 3개의 무리로 나뉘었다는 걸 알 수 있었는데, 케이와 그를 따르는 무리, 카림과 그의 부하들, 마지막으로 아란테 가디언을 위시한 나머지였다.

"독파이트!"

경기장 안에 울려 퍼지는 시작 신호와 함께 마침내 대결이 시작되었다. 하지만 대결의 초반부는 모두의 예상과는 다르게 흘러갔다. 그들은 3개의 무리가 서로 다른 무리와 대결을 벌일 것이라고 생각했는데, 아란테 가디언이 먼저 케이나 카림과 상관없는 다른 참가자들을 한 명씩 제압하기 시작한 것이다.

"뭐 하는 거야! 우리가 뭉쳐야 저들을 상대할 수 있어!"

나머지 무리에 속한 참가자 한 명이 자신들을 공격하는 아란테 가디언에게 외쳤다. 하지만 아란테는 그의 말에 비웃음으로 응답했다.

"너희 같은 시시한 놈들하고 손을 잡는다고 누가 그래?"

아란테 가디언은 고개를 돌려 케이를 바라보았다.

"잔챙이들은 빨리 솎아내고 한 판 제대로 붙는 게 내 계획이야."

대결 중에도 그의 자신만만하고 오만한 태도는 여전했다. 별다른 힘도 들이지 않고 주변의 참가자들을 손쉽게 제압한 아란테는, 손을 툭툭 털더니 케이를 향해 손짓을 했다. 먼저 공격하라는 뜻이었다.

"건방진 놈… 제가 먼저 상대해보겠습니다."

아까부터 아란테 가디언의 태도가 마음에 들지 않았던 헤르켄이 케이 대신 앞으로 나서며 말했다. 케이도 고개를 끄덕였다. 케이는 줄곧 카림을 신경 쓰고 있었고, 다른 상대에게 힘을 뺄 생각이 없었다.

하지만 케이의 무리 안쪽에서도 작은 내분이 발생했다. 도로시가 옆에 있던 아리아 3세를 공격하기 시작한 것이다. 반사적으로 도로시의 공격을 피한 아리아 3세는 경계 자세를 취했고, 도로시의 돌발 행동에 당황한 케이는 황급히 물었다.

"뭐 하는 거야, 도로시!"

"지난번에 마무리 짓지 못한 싸움을 끝내고 싶어서요."

케이는 처음엔 도로시의 말이 무슨 뜻인지 알아듣지 못했다.

"어떤 싸움? 설마 데오르피오에서 나하고 벌였던?"

도로시가 말없이 고개를 끄덕였다.

"근데 그 마무리를 왜 아리아와 하려는 거지?"

"당신은 어차피 나하고 결판을 낼 생각이 없다는 걸 알았으니까요. 하지만 이 여자는 왠지 다를 것 같거든."

그렇게 말하고 도로시는 아리아 3세를 바라보았다. 둘의 눈빛이 공중에서 부딪쳤다.

"그리고 어차피 이 여자와 당신은 하나니까."

아리아 3세가 빙긋 웃음을 지었다. 케이와 하나라는 표현이 마음에 든 것 같았다.

"그렇게 원한다면 싸워줄 순 있지."

케이는 힘을 합쳐야 하는 마당에 두 여자가 뜬금없이 대결을 펼치는 것이 못마땅했다. 하지만 두 사람의 고집을 꺾을 생각도 없었기에 서로 승부를 가릴 수 있게 내버려두었다.

"네 부하들이 말을 잘 안 듣는 것 같네?"

마침 그때 카림이 다가와 싸움을 걸어왔다. 바할과 미스터 창은 카림의 부하들을 상대하고 케이는 카림과 일대일

대결을 벌였다. 모두 테라륨을 주입받은 군인들이어서, 서로를 공격해도 상처가 바로 재생되었기 때문에 길고 힘든 싸움이 될 것이 분명했다.

"이렇게 싸우고 있으니 어린 시절이 생각나는데?"

카림이 케이를 공격하며 심리전을 걸어왔다. 하지만 케이는 넘어가지 않았다.

"기억이 잘못된 것 같군. 넌 나랑 싸운 적이 없어. 항상 내 부하였지."

케이의 말에 카림의 얼굴색이 변했다. 자존심에 상처를 입은 카림이 더 거칠게 케이를 공격하기 시작했다. 참가자들은 그렇게 저마다 각자의 상대와 대결을 펼치고 있었다.

그중에서 가장 먼저 쓰러진 것은 헤르켄이었다.

온몸이 빛으로 뒤덮인 아란테 가디언의 힘 앞에서는 헤르켄이 가진 테라륨의 능력조차 무용지물이었다. 헤르켄이 쓰러지자 카림의 부하들을 제압한 미스터 창과 바할이 그에게 달려들었다. 하지만 두 사람 역시 아란테 가디언의 기프트가 가진 힘 앞에 낙엽처럼 쓰러지고 말았다.

'잔챙이'들을 처리한 아란테 가디언은 케이와 카림의 대결이 벌어지고 있는 곳으로 고개를 돌렸다. 승부는 이미 케이 쪽으로 기울어지는 듯 보였지만 완전히 끝난 것은 아니었다.

"저기는 조금만 더 기다리면 되겠군."

아란테 가디언은 이번엔 도로시와 아리아 3세 쪽으로 다시 시선을 돌렸다. 이미 승부가 기울어진 케이와 카림의 대결과 달리, 두 여성의 결투는 매우 팽팽하게 진행되고 있었다.

"예전보다 더 강해진 것 같은데?"

아리아 3세는 데오르피오나 노라스단테에서 활약하던 도로시의 모습을 기억하고 있었다. 그때도 충분히 강하다고 생각했지만, 만약 자신과 겨룬다면 그땐 도로시를 제압할 자신이 있었다. 하지만 지금 눈앞에 있는 도로시는 그것보다 훨씬 더 강한 존재였다.

"이 날만 기다렸거든!"

도로시는 공격을 멈추지 않고 더욱 빠르게 아리아 3세를 몰아붙이려고 했다. 하지만 그 순간, 갑자기 누군가 그녀의 뒤에 나타나 뒤통수를 강타했고, 그녀는 비명을 지르며 쓰러져버렸다.

"뭐… 뭐야?"

갑작스런 전세의 변화에 아리아 3세는 당황할 수밖에 없었다.

"미안, 숙녀들끼리 싸우는 걸 바라보고만 있는 건 내 취향이 아니라서."

도로시를 공격한 건 아란테 가디언이었다.

"본인의 거지같은 취향 때문에 다른 사람들의 결투를 망쳐도 되는 건가요?"

"여긴 정해진 규정이 없는 전쟁터 아닌가요? 규정에 어긋나는 행동을 한 것도 아닌데 왜?"

아란테 가디언은 얄미운 표정으로 아리아의 말을 받아 쳤다. 그뿐 아니라,

"예를 들며 내가 지금 당신을 이렇게 공격해도!"

엄청난 속도로 아리아를 향해 공격을 시작했다.

갑자기 도로시에서 아란테 가디언으로 상대가 바뀐 아리아 3세는 정신을 차릴 수가 없었다. 일단 도로시와는 달리, 아리아는 아란테 가디언에 대해 아는 것이 아무것도 없었다. 낯선 상대가 낯선 능력으로 공격해오니까 그저 반사적인 대처 외에 다른 방어가 불가능했다.

"아리아, 괜찮아?"

아리아가 계속 수세에 몰리고 있을 때, 케이가 나타나 아란테 가디언의 거센 공격을 막아냈다. 하지만 아리아는 그런 케이의 도움이 전혀 달갑지 않았다.

"이건 제 싸움이에요. 뒤로 물러나 계시죠."

그녀는 빛의 검을 꺼낸 뒤 아란테 가디언에게 달려갔다.

아리아는 온힘을 다해 싸우고 있었지만, 아란테 가디언은 가볍게 그녀의 공격을 받아내고 있었다. 멀리서 바라보는 케이에게는 두 사람의 힘의 차이가 너무나 극명해 보였다.

"고집은 진짜……."

'도대체 이 자의 힘의 끝은 어디인 거야!'

최선을 다한 공격이 모두 수포로 돌아가는 것을 보면서, 아리아는 절망에 빠져 소리라도 치고 싶은 심정이었다.

"놀 만큼 놀았으니, 이제 슬슬 결말을 내볼까요?"

아란테 가디언은 미소까지 지으며 강력한 백색 에너지를 발산시켰다. 그리고 그 상태로 두 손을 뻗어 날아오는 아리아의 빛의 검을 잡았다.

검을 잡은 손에 가디언이 에너지를 집중시키자, 빛의 검은 마치 얇은 유리처럼 산산조각이 나서 소멸해버렸다.

"말도 안 돼……."

아리아 3세는 믿을 수 없다는 얼굴로 빛의 검이 사라진 허공을 바라보고 있었다.

"고생하셨습니다."

아란테 가디언은 아리아 3세에게 인사를 건네며 그녀의 배에 마지막 일격을 꽂아 넣었다 그녀는 제대로 된 방어 자세조차 취하지 못하고 결국 정신을 잃고 말았다.

"완전 대단해!"

감탄한 페르다 2세가 자기도 모르게 두 주먹을 불끈 쥐며 일어섰다.

"이제, 우리 둘만 남은 건가요?"

아리아가 쓰러지자 아란테 가디언은 뒤도 돌아보지 않고 케이를 향해 다가갔다. 케이는 대답 대신 선공을 시작했고 아란테 가디언은 예상했다는 듯 그의 공격을 맞받아쳤다.

순식간에 두 사람 사이에 날카로운 공격과 방어가 여러 차례 오갔다. 쉽게 볼 수 없는 능력자들의 명대결에 관중석에서는 환호성이 끊이지 않았다. 도박장의 배당금도 천문학적으로 올라가고 있었다.

"이거 진짜 흥미진진한데요! 후작 님은 누구한테 거실 거예요?"

"글쎄요……."

페르다 2세가 데라크스 후작에게 물었다. 하지만 둘의 대결을 바라보는 데라크스 후작의 관심은 다른 곳에 가있었다.

'만약 저 중 하나가 내 목숨을 노린다면 어떻게 해야 할까?'

그 사이, 콜로세움의 아란테와 케이는 여전히 호각세의 싸움을 이어가고 있었다. 케이가 검은 에너지를 끌어올려 공격하자, 아란테는 에너지 실드를 형성시켜 공격을 막아 냈다. 하지만 케이의 후속 공격은 더 빨랐다. 케이는 에너지 실드가 풀리는 순간을 노려 아란테의 얼굴을 제대로 가격했고, 처음으로 정확한 공격을 받은 아란테 가디언은 반대편 벽에 가서 부딪혔다.

아란테 가디언이 벽에 부딪히면서 거대한 굉음과 함께 벽의 일부가 무너져 내렸다. 관중들은 놀란 상태로 무너진 벽을 주시했다. 지금까지 압도적인 모습을 보여준 아란테 가디언이 과연 이대로 정신을 잃고 패배할 것인지, 다시 일어날 것인지를 확인하기 위해서였다.

몇 초 후, 무너진 벽들 사이에서 아란테 가디언의 백색 에너지가 빛나기 시작했고, 부숴진 벽의 파편들이 하늘 위로 솟아올랐다. 그 아래로 우뚝 선 아란테 가디언의 모습이 드러났다.

"와!"

다시 일어난 아란테 가디언을 보며 관중들이 함성을 질렀다. 하지만 아란테 가디언의 귀에는 그 함성이 들리지 않았다. 그는 케이에게 의외의 일격을 당하고, 독파이트에 출전한 뒤 처음으로 상대의 위력을 평가하고 있었다.

'테라륨 전사라고 해서 다 똑같은 게 아냐. 저 자에게는 뭔가 특별한 힘이 있어. 그게 뭔진 모르겠지만……'

케이의 공격을 당해보고 나서, 아란테 가디언의 표정에 머물던 오만함이 사라졌다. 그는 백색 에너지로 들어올린 벽의 파편들을 케이를 향해 날려 보냈다. 케이 역시 검은 에너지로 날아오는 물체들을 부숴버렸다. 하지만 그 때문에 아란테 가디언이 케이의 코앞까지 다가왔다는 것을 눈치채지 못했다.

"컥!"

에너지가 실린 아란테 가디언의 주먹이 케이의 복부를 강타했다. 이번엔 케이가 공중을 가로지를 차례였다.

그런데 얻어맞은 케이가 날아간 쪽이 하필이면 페르다 2세가 자리 잡고 있던 VIP석이었다는 것이 문제였다.

아란테 가디언의 에너지가 실린 공격을 받은 케이의 몸은 마치 대포알처럼 빠르고 강하게 날아가 그곳에 부딪혔고, 강한 충격을 받은 VIP석 전체가 무너져 내렸다.

모든 것이 눈 깜짝할 사이에 일어난 일이었다.

2.
의혹과 유혹

 황제를 지키는 호위병들이 가까스로 만든 에너지 실드 덕분에 황제는 손가락 하나 다치지 않고 무사했지만, 그 옆에 있던 알렉산드라-아리아와 데라크스 후작은 무너진 벽돌에 깔려버리고 말았다.
 케이가 정신을 잃진 않았지만 경기는 바로 중단되었다. 응급 비행선이 출동해 데라크스 후작과 알렉산드라-아리아를 비롯한 귀족 부상자들을 모두 병원으로 이송했다.
 한편 이 모든 사태를 초래한 원인인 아란테 가디언의 시선은 계속 경호원의 보호를 받고 있는 페르다 2세를 향해 있었다. 그와 황제 사이에 뭔가 은밀한 눈빛이 오가는 것처럼 보였지만, 경기장에 있던 수많은 사람들 중에 그것을 눈치챈 사람은 아무도 없었다.

병실에서 알렉산드라-아리아가 눈을 떴을 때, 제일 먼저 본 것은 침대 옆에 앉아 있던 데라크스 후작의 매서운 시선이었다.

"둘 다 목숨에 지장은 없다고 하네. 나는 팔, 당신은 다리가 부러졌지만."

데라크스 후작의 말을 듣고 그녀는 먼저 자신의 다리 쪽을 바라보았다. 전자 깁스가 되어 있었다. 데라크스 역시 팔에 깁스를 하고 있었다.

"다치긴 했지만 그래도 다행이네요."

하지만 알렉산드라-아리아의 말을 듣는 데라크스 후작의 표정은 그 말에 동의하지 않는다고 말하고 있었다.

"이런 사고가 벌어진 게 과연 우연이었을까?"

"지금 이 사고가 의도된 일이었다고 말씀하시는 거예요?"

"처음부터 수상했어. 당신은 왜 갑자기 이 대회를 열자고 했지? 숨어서 절대로 모습을 드러내지 않던 가디언 가문은 왜 등장한 거야?"

그 말을 듣는 순간, 알렉산드라-아리아의 표정도 싸늘하게 변했다.

"설마 지금 날 의심하고 있는 건가요? 그럼 내 다리가 이렇게 된 건 어떻게 설명하죠?"

그녀는 전자 깁스를 하고 있는 자신의 다리를 가리키며 말했다.

"당신을 의심하는 건 아냐. 하지만 당신이 왜 갑자기 독 파이트를 다시 개최하려고 했는지, 그 생각을 누군가 주입했을 거란 의심은 하고 있지."

알렉산드라-아리아의 얼굴에 당혹감이 어렸다.

"말해봐. 누가 제안한 거야? 처음 그 말을 꺼낸 게 누구냐고?"

데라크스는 계속 추궁했고, 한참을 망설이던 알렉산드라-아리아는 조용히 입을 열었다.

"그게……."

황제인 페르다 2세는 멍하니 앉아 창밖을 바라보고 있었다. 하지만 풍경을 감상하는 것처럼 보이진 않았다. 그의 눈에는 두려움이 가득 차 있었다.

"데라크스 후작 님이 오셨습니다."

방문 밖에서 경비병의 목소리가 들렸다. 그 말을 들은 페르다 2세는 깜짝 놀라 온몸을 덜덜 떨기 시작했다.

데라크스 후작은 노크도 없이 황제의 방문을 벌컥 열었다.

"황제 폐하, 안녕하십니까. 제 걱정 많이 하셨죠? 경기장에서 그런 일이 생겨서…….."

어린 황제는 공포에 떨기 시작했다.

"하지만 제 걱정은 안 하셔도 됩니다. 보시다시피 골절상은 좀 입었지만 큰 부상은 아니니까요. 무엇보다 저에겐……."

데라크스 후작은 황제 앞으로 성큼성큼 걸어왔다. 원칙대로라면 경호원이 뛰어 들어와 제지해도 될 정도였지만, 감히 데라크스의 앞길을 막을 만큼 용감한 경호원은 존재하지 않았다.

겁에 질려 떨고 있는 황제 앞으로 걸어간 데라크스 후작은 아무 거리낌 없이 황제의 어깨에 손을 올렸다.

"저희가 남도 아니고 사촌인데… 어렵거나 힘든 일이 있으면 서로 도와야 할 텐데… 저도 참 몸이 이렇고… 어쩌다 이렇게 되어버렸을까요?"

"그… 글쎄."

"지금은 제가 해결할 일이 있어서 시간이 없군요. 다시 찾아올 테니 그때 우리 이 상황에 대해 더 깊이 얘기해보도록 하죠."

데라크스는 황제를 무서운 눈빛으로 바라보며 말했다.

"마음의 정리를 좀 해두셔야 할 겁니다."

마지막 말에는 페르다 황제에 대한 경고가 담겨 있었다.

"세상에 나가자마자 말썽부터 일으키는구나."

들라크와-디-한드로 가디언이 한심하다는 표정으로 아들인 아란테에게 말했다.

"그래, 네 뜻대로 세상에 평지풍파를 일으킨 기분이 어떠냐?"

아버지의 집무실에 삐딱한 태도로 앉아 있는 아들을 향해 들라크와가 물었지만, 아들의 얼굴엔 전혀 반성하는 표정이 보이지 않았다.

"아무리 그렇게 말씀하셔도 전 제 뜻대로 살 겁니다. 고리타분한 전통 따위 지키고 싶은 마음도 없고요."

철없는 아란테는 가디언 가문에서 내려오는 리니지 기프트를 이어받은 계승자였다. 그 기프트는 무엇인지는 베일에 가려져 있었고 심지어 그의 아버지인 들라크와도 정확히 알지는 못했는데, 이 기프트는 들라크와의 증조 할아버지에게서 2세대를 건너뛰어 아란테에게 계승되었기 때문이었다.

오랜 시간 동안 가디언의 리니지 기프트를 이어받을 사람이 나타나지 않았던 터라 자신의 기프트를 각성한 아란테는 한껏 거만해져 아버지까지 무시할 정도였다.

"아버지, 지금 제 힘이라면 이 넓은 우주를 전부 손아귀에 넣을 수도 있다고요."

"큰 힘에는 큰 책임이 따르는 법이야. 그렇게 자기 힘만 믿고 있다가 자멸의 길을 걸은 사람들이 얼마나 많은 줄 아느냐?"

"네, 이런 기프트를 가져본 적 없는 아버지는 그렇게 생각하실 수도 있죠. 근데 어쩌죠? 아버지한텐 없는 게 나한테는 있어서. 부모가 마음대로 다룰 수 있는 자식은 이 우주에 없는 것 같더라고요."

철없는 아들은 그렇게 말하고 아버지의 집무실을 떠났다. 아들이 나간 문을 바라보고 있는 들라크와 앞에, 방 어딘가에 숨어 있던 알렉산드라-아리아가 나타났다.

"당신이군. 내 아들에게 바람을 넣은 것이."

"천박하게 말하지 마요. 난 그저, 조금 다른 생각을 하도록 도왔을 뿐이니까."

알렉산드라는 표정 하나 바뀌지 않고 대답했다.

"무슨 생각? 황제를 해치면 어떨까, 하는 생각?"

"어리석네요. 내가 그깟 허수아비 하나 없애겠다고 이렇게 큰 계획을 준비한 것 같아요?"

"그게 무슨 소리야. 황제가 목적이 아니라면……."

들라크와의 머릿속이 복잡해졌다. 알렉산드라-아리아는 생각보다 훨씬 더 위험한 여자인지도 모른다는 생각에 그의 간담이 서늘해졌다.

"설마, 당신……."

알렉산드라-아리아는 미소를 지으며 고개를 끄덕였다.

"말도 안 돼. 데라크스 후작을 죽일 거면 당신이 하는 게 더 쉽고 빠르지 않나?"

"내가요? 정말 내가 그럴 수 있을 거라고 생각해요?"

들라크와는 알렉산드라-아리아의 야망에 대해 알고 있었다. 그녀는 권력자들을 이용해 자신의 영향력을 넓히려 했다. 만약 데라크스가 사라진다면 황제까지 마음대로 조종할 수 있으리란 것도 계산하고 있었다.

하지만 그럼에도 불구하고 그녀는 데라크스 후작을 직접 죽이겠다는 생각 따윈 전혀 하지 않았다. 여러 가지 이유가 있었지만 다른 무엇보다 그녀는 데라크스의 성격을 너무 잘 알고 있었기 때문이다.

'그런 건 자기가 물려받은 기프트만 믿고 세상 무서운 줄 모르는 애송이에게 제격이지.'

알렉산드라는 그런 생각으로 아란테 가디언을 끌어들였지만, 결론적으로 아란테는 그녀의 뜻을 이뤄주지 못했다.

"당신 아들은 멍청한 건가요? 아님 뭔가 다른 꿍꿍이가 있는 건가요? 힘을 좀만 썼더라면 그냥 끝났을 텐데… 상황을 이상하게 꼬아버리다니."

"내가 말했잖아. 그놈을 조종할 수 있다는 생각 따윈 버리라고. 원체 제멋대로인 놈이야."

"수습하려면 골치 좀 아프겠어요."

"빠져나갈 방법은 있겠지?"

"글쎄요."

들라크와의 걱정 어린 물음에, 알렉산드라-아리아는 고개를 갸웃했다. 그러고는 매혹적인 눈빛으로 들라크와를 바라보더니, 다가와 그에게 입을 맞췄다.

"이젠 당신도 위험할 텐데… 이러고 있어도 되는 거야?"

긴 입맞춤이 끝난 뒤, 들라크와가 간신히 정신을 차리고 알렉산드라에게 물었다.

"나를 의심할 일은 없어요. 적어도 당분간은……."

"어떻게?"

"일단은 황제에게 의심의 꼬리를 돌려놓고 왔거든요."

"또 그 뱀 같은 혓바닥을 놀려서 말이지?"

악명 높은 무기 사업가의 딸이었던 알렉산드라-아리아는, 걸출한 미모와 아버지에게서 물려받은 말재주를 발판 삼아 지금처럼 정재계의 중요 인물들과 교류할 수 있는 위치까지 올라올 수 있었다. 그녀가 사람들을 조종할 수 있는 놀라운 화술을 가졌기에 가능한 일이었다.

"뱀의 혓바닥이 얼마나 부드러운지 한번 느껴볼래요?"

알렉산드라-아리아의 눈빛은 이제 더이상 사업가가 아닌 요부의 그것으로 바뀌어 있었다. 그녀는 들라크와의 등을 끌어안고 목덜미부터 천천히 혀로 핥아 내려갔다. 들라크와는 온몸의 세포가 뻣뻣하게 곤추서는 느낌을 받았다.

천천히 들라크와의 옷을 벗기며, 알렉산드라는 정성스럽게 들라크와의 온몸을 애무했다.

"지구인들의 책을 읽어보면, 당신 같은 요부한테 홀린 남자들의 끝이 다 좋지 않더라고······."

"그래서요?"

고양이처럼 매혹적인 눈을 뜨고 자신을 바라보며 그렇게 되묻는 알렉산드라에게, 들라크와는 아무 말도 할 수 없었다. 대신 무엇에 홀린 듯 그녀의 옷을 사정없이 찢어버렸다. 눈처럼 하얀 그녀의 나신이 어두컴컴한 집무실 안을 밝게 비췄다.

*

알렉산드라-아리아는 원래 아리아 가문의 핏줄이 아니었다.

그녀는 한 매춘부의 딸로 태어났다. 그녀의 어머니는 매일 약과 술에 취해 딸을 전혀 돌보지 않았다. 하지만 그녀

어머니의 주 고객 중 한 명이었던 한스-아리아의 눈에 그녀가 들어왔고, 이후 한스-아리아는 그녀를 데려가 자신의 아이라 선언하여 그녀는 아리아 가문의 일원이 되었다.

한스-아리아가 그녀를 데려가 부양한 것은, 인도적인 동기에서 나온 선행이 아니었다. 아리아 가문은 철저히 전통을 중요시하는 집단이었고, 결혼을 통해 다음 세대를 구성하고 리니지 기프트를 유지하는 의무를 모든 구성원들에게 절대적으로 강요하고 있었는데, 하필 한스-아리아는 그 조건을 충족할 수 없었던 것이다.

한스-아리아는 남자를 사랑하는 성적 취향을 가지고 있었다.

만약 이 사실을 들킨다면 그는 가문에서 쫓겨날 것이고, 그래서 알렉산드리아-아리아 어머니의 빚을 청산해주는 대가로 그녀를 데려와 자신의 후손으로 삼았던 것이다.

한스-아리아는 자신의 연인인 여장 남자 타츠미를 가족으로 받아들였지만, 대신 그가 가문의 공식 행사에 나서지 않도록 그의 정체를 철저히 비밀에 부쳤다. 대신 두 명의 양아버지 아래서 자란 알렉산드라-아리아가 전면에 등장해서 가문과의 교류를 담당했다.

하지만 모든 것이 한스-아리아의 계획대로 흘러간 것은 아니었다. 가문의 후계자인 케일 마그네타-아리아가 감춰져 있던 타츠미의 정체를 알아낸 것이다. 케일 마그네타-아리아는 한스-아리아를 추방하기 위해 가문 회의를 소집했다.

다행히 한스-아리아에겐 미리 심어놓은 첩자가 있었다. 악명 높은 무기상답게 자신의 비밀을 지키고 유지하는 것에도 철저했던 그는 출장으로 위장해 케일 마그네타-아리아를 자신의 우주선에 태운 뒤 해적을 매수해 그를 살해했다.

한스-아리아는 그 당시 한창 번성하던 해적들과 교류가 많았는데, 이는 그가 뒷거래로 해적에게 무기를 팔아서 엄청난 수익을 얻었기 때문이었다. 반면 케일 마그네타-아리아는 자신의 고향인 마그네타 행성이 해적들의 공격 때문에 골머리를 앓자 해적들과의 전쟁을 선포할 정도로 그들과의 사이가 좋지 않았기 때문에, 한스가 그를 살해한 일은 비밀 유지 뿐 아니라 사업적으로도 도움이 되었다.

케일 마그네타-아리아의 자식인 아리아 2세는 자신의 아버지가 살해당했음을 짐작하면서도 자신의 안전을 위해 가문의 중앙에 나서지 않았다. 한스-아리아는 후계자의 자리가 공석이 된 틈을 타 데라크스 후작과 손을 잡고 가문을 이끌어 나가기 시작했다.

우주를 손에 넣겠다는 데라크스 후작의 야망 덕분에 시스 전쟁과 태양계 전쟁이 이어졌고 덕분에 무기를 파는 한스-아리아의 재력은 더욱 더 커질 수밖에 없었다. 그는 그렇게 축적한 부로 데라크스에 대한 지원을 아끼지 않았고, 덕분에 모든 권력을 가진 데라크스의 완벽한 신뢰를 얻게 되었다. 뿐만 아니라, 그는 그 무렵 성장하여 빼어난 미모를 자랑하던 그의 양딸 알렉산드라-아리아까지 데라크스의 곁에 두게 만들었다.
　알렉산드라-아리아 역시 어린 시절 부와 정치, 그리고 계략이 어떻게 작동하는지를 두 명의 양부로부터 배웠기 때문에, 그들의 뜻대로 잘 따라주었다.
　그리고 이제 그녀는 자신만의 그림을 그리기 시작한 것이다.

　집무실에 앉은 데라크스 후작은 깊은 생각에 잠겨 있었다. 이 일에 배후가 있다는 것을 알게 된 이상, 그냥 넘어갈 수는 없었다. 하지만 그렇다고 황제인 페르다 2세를 죽일 수도 없는 일이었다. 그의 손에 황제의 피를 묻히는 것은 한 번으로 충분했다.
　'그렇다면 타깃으로 삼을 곳은 하나밖에 없군.'
　그는 홀로그램 통신기를 통해 휘하의 블랙리스트 특별

관리팀 팀장에게 연락했다.

"가디언 가문을 감시하게."

통신기 저편에서 한동안 침묵이 흘렀다.

"왜? 힘들어?"

데라크스가 역정을 내자 그제야 응답이 돌아왔다.

"아… 아닙니다. 해보겠습니다."

썩 마음에 드는 태도는 아니었지만 데라크스는 일단 연락을 끊었다. 머릿속이 복잡해 더이상 집무실에 머무르고 싶지 않았다. 그는 에어모빌을 타고 그의 대저택으로 향했다. 집에 도착하자, 알렉산드라-아리아가 나와 요염한 표정으로 그를 맞이했다.

"오셨어요?"

알렉산드라-아리아는 데라크스의 기분이 좋지 않은 것을 눈치챘는지, 옷을 벗는 그에게 다가와 시중을 들었다.

"됐어. 혼자할 수 있다고."

"팔에 깁스까지 하고 있으면서… 옷 벗는데 하루 종일 걸린다고요."

나름 애교를 떨며 말하는 그녀의 목덜미에서 진한 페르미아 향기가 느껴졌다.

'집에서 이렇게 진한 향수라니… 지워야 할 냄새라도 있는 건가?'

향수 냄새를 맡은 데라크스의 시선이 자연스럽게 알렉산드라-아리아의 목으로 향했다. 그리고 데라크스는 그녀의 목에서 미세한 손자국을 발견할 수 있었다.

"몸이 너무 굳어 있네요……."

데라크스의 옷을 다 벗긴 알렉산드라-아리아가 그의 귓가에 속삭였다.

"내가 풀어줄게요. 여기 누워봐요."

그녀는 데라크스를 침대에 눕히고 페르미아 오일을 꺼내 그의 가슴 위에 떨어뜨렸다.

하지만 그의 시선은 알렉산드라의 목에 있는 작은 손자국에 가 있었다. 단순하게 흥분하고 있는 그의 하체와는 달리 머릿속은 무척 복잡한 생각으로 가득 차 있던 것이다.

"가만히 있어봐."

데라크스는 자세를 바꿔 알렉산드라를 자신의 아래에 눕히고는 그녀의 위에 올라타 관계를 가졌다

"하악… 갑자기 왜…….."

거기서 그치지 않고 데라크스는 한쪽 손으로 그녀의 목을 조르기 시작했다. 처음엔 살짝 누르는 정도였지만 그의 움직임이 더 거칠어 질수록 그의 손아귀에 들어가는 힘도 더 강해졌다. 알렉산드라는 어느새 숨쉬기가 힘든 지경까지 이르렀다.

"데…라…크……."

목에서 소리가 나오지 않았다. 알렉산드라는 고통에 몸부림쳤지만, 데라크스는 눈 하나 깜빡이지 않고 계속 알렉산드라의 목을 조르며 피스톤 운동을 반복할 뿐이었다.

"왜… 이러는… 거……."

그 순간, 데라크스의 머릿속에도 약간의 이성이 돌아왔다.

'이 여자를 죽여선 안 돼. 적어도 아직까진…….'

데라크스에겐 아직 한스-아리아의 재정적 재원이 필요했다. 지금 아리아 가문과의 관계를 끊어버릴 수는 없는 일이었다. 그는 알렉산드라의 목에서 손을 뗄 수밖에 없었다.

겨우 데라크스의 손아귀에서 벗어난 그녀는 거친 기침을 반복하며 제대로 숨을 쉬려고 노력했고 창백해진 얼굴도 겨우 원래대로 돌아왔다. 긴 침묵의 시간이 흘렀다.

정신을 차린 알렉산드라는 데라크스가 무엇을 눈치챘는지 짐작할 수 있었다. 그녀는 자신이 살아남기 위해서 누구에게 화살을 돌려야 하는지 본능적으로 알고 있었다.

그녀는 앉아 있는 데라크스의 등을 껴안고 조용히 그의 귀에 속삭였다.

"다… 가디언 가문 때문이에요. 그들의 힘을 그냥 두어선 안 돼요."

데라크스 후작은 그녀의 말을 듣고도 아무 말이 없었다. 하지만 불빛에 비친 그의 얼굴은 섬뜩하게 빛나고 있었다.

3. 불길한 예언

"왜 힘을 아꼈어요? 그것 때문에 무척 곤란해졌어요."

자신을 몰래 찾아온 알렉산드라-아리아의 질문에 아란테 가디언은 고개를 갸웃했다. 그녀가 던진 질문은 처음부터 잘못되어 있었기 때문이었다.

"난 힘을 아낀 적 없어요. 케이의 힘이 강했던 거예요. 그자에겐 알 수 없는 기운이 있어요. 그게 내가 발산하는 에너지를 막았어요. 그것만 없었더라도……."

"그 말은 만약 케이가 아니었다면 모든 게 내 뜻대로 됐을 거라는 뜻인가요?"

"물론이죠."

아란테가 고개를 끄덕였다.

"그자를 너무 과소평가했어요. 최초의 테라륨 실험에서 살아남은 자… 분명 그자에겐 우리가 알지 못하는 어떤 힘이 있는 게 분명해요."

그 말을 들은 알렉산드라는 머릿속이 무척 복잡해졌다.

'그렇다면 데라크스의 암살 계획이 어그러진 건 케이 때문이란 거지……?'

이전까지 그녀가 세운 계획에는 케이란 존재가 아예 없었다. 하지만 이번 일을 계기로 케이 역시 중요한 역할을 할 가능성이 늘어나게 되었다.

그렇다면 지금부터 자신이 가지고 있는 장기말들을 어떻게 움직이느냐에 따라 그녀가 그리는 그림의 모습이 크게 달라질 것이다. 그리고 그중에서…….

알렉산드라-아리아는 일단 아란테 가디언에게 자신이 알고 있는 사실을 알려주기로 했다.

"데라크스 후작은 당신을 처형할 생각이에요."

"나를……?"

"네. 당신이 자신을 죽이려 했다고 의심하고 있으니까요."

"할 수 있으면 해보라지! 나를 잡으러 오는 것들은 내가 다 죽여버릴 텐데."

그의 자신감은 지나칠 정도여서, 이젠 데라크스마저 두려워하지 않는 지경에 이르렀다. 그가 가진 강력한 리니지 기프트는 정신적으로 성숙해지지 못한 아란테 가디언에게 끝없는 오만함을 주었던 것이다.

아버지에게서 사람들을 다루는 방법을 배운 알렉산드라는, 그렇게 철없는 아이들을 자신의 뜻대로 조종하는 방법을 너무 잘 알고 있었다. 그녀는 아란테의 손을 잡았다.

"그래요. 당신은 강해요. 나도 잘 알고 있어요. 하지만 데라크스 후작이 마음만 먹는다면 황제의 전 군대를 동원해서라도 당신을 죽이려 할 거예요……."

알렉산드라의 손은 아란테의 허리를 어루만지고 있었다. 그녀의 얼굴은 어느새 아란테의 귀 옆으로 와 있었다.

"당신 아버지가 시켰다고 말해요. 그러면 당신은 괜찮을 거예요."

그렇게 말한 알렉산드라는 갑자기 언제 그랬냐는 듯, 아란테를 밀쳐버리고 뒤를 돌아 문을 향해갔다. 몸이 달아오른 아란테는 거칠게 그녀를 붙잡아 끌어안으려 했지만, 알렉산드라는 다시 한번 그를 밀어냈다.

"당신 아버지가 이 사태를 책임지는 게 먼저예요. 나를 갖는 건 그 이후. 알아들었어요?"

그는 무언가에 홀린 듯 고개를 끄덕였다. 알렉산드라는 귀부인처럼 도도한 태도로 뒤돌아 그곳을 떠났고 아란테는 멍하니 그 뒷모습을 바라보고 있었다.

실패했다면, 적당한 희생양을 던져줘라. 물론 너는 말고.

그녀의 아버지가 그녀에게 가르친 처세술 중 하나였다.

데라크스 후작의 분노를 피하려면 그가 마음 놓고 분노를 터트릴 수 있는 자를 하나 던져줘야 했고, 그녀는 그 대상으로 들라크와를 선택했다. 어차피 그와의 관계를 정리해야 하는 시점에서, 이용 가치가 다한 들라크와는 아주 적당한 대상이었다.

그녀에게 아란테는 아직 이용 가치가 충분한 자원이었다. 둘 중 하나를 선택해야 한다면, 아버지 쪽이 낫다는 게 그녀의 생각이었다.

다음 날 저녁, 페르다 왕국의 집행관들은 들라크와-디-한드로 가디언의 집에 들이닥쳐 그를 체포했다.

"지금 뭐 하는 거예요?"

아란테 가디언의 이복누나인 헤르나 가디언이 저항해 봤지만 집행관들은 개의치 않았다.

"왜 아버지를 체포하는 거죠? 죄명이 뭐예요?"

"반역죄다."

"반역죄라고요?"

상상도 못 할 죄목이 나오자 헤르나는 깜짝 놀랄 수밖에 없었다. 하지만 들라크와는 자신에게 씌워진 엄청난 죄목을 듣고도 왠지 모르게 담담했다.

"쓸데없는 저항은 말거라. 다녀오마."

그는 마치 잠깐 산책을 다녀오듯, 집행관들을 따라 조용히 집을 나섰다. 아마 그는 이 일의 배후에 알렉산드라-아리아가 있다는 것을 짐작하고 있는 것 같았다.

하지만 그는 자신을 팔아넘긴 진짜 배신자가 자신의 저택 기둥 뒤에 숨어서 자신을 지켜보고 있다는 것은 모르고 있었다. 아들인 아란테 가디언이었다.

"너지? 네가 뭔가 관련되어 있는 거지?"

아버지가 잡혀가는 모습을 기둥 뒤에 숨어서 보고만 있는 아란테를 수상하게 여긴 헤르나가 그를 찾아내 물었다.

"무슨 소리야? 생사람 잡지 마."

"네가 대회에 참가하지 않았으면 이런 일은 없었을 거야!"

"거참 시끄럽네. 하녀의 딸 주제에."

"뭐라고?"

헤르나는 원래 가디언 가문에서 일하던 하녀와 들라크와-디-가디언 사이에서 태어난 딸이었다. 들라크와는 헤르나의 어머니를 진심으로 사랑했지만, 가디언 가문에선 두 사람의 정식 혼인을 허락하지 않았다. 결국 그녀는 헤르나와 함께 쫓겨났고, 들라크와는 가문에서 추천한 귀족 여성과 결혼할 수밖에 없었다.

들라크와는 귀족 여성과의 결혼생활에서 아들 아란테

를 얻었다. 아란테는 리니지 기프트를 이어받았기 때문에 모두의 축복을 받았지만, 정작 그를 낳은 어머니는 출산 직후 사망했다. 슬픔에 빠진 들라크와는 자신이 사랑했던 헤르나의 어머니를 다시 찾았고, 그녀는 헤르나를 데리고 그의 저택으로 돌아왔다.

하지만 가문의 압박은 여전했다. 결국 견딜 수 없어진 헤르나의 어머니는 어느 날 딸만 남겨둔 채 사라졌다. 하지만 그 이후에도 들라크와는 가문과 맞서며 그들의 딸인 헤르나를 계속 키웠다. 심지어는 오만방자한 아들 대신 헤르나를 가문의 후계자로 세울 생각마저 하고 있었다.

헤르나는 아버지가 자신을 누구보다 사랑하는 것을 알고 있었지만, 그러면서도 항상 자신의 출신에 대해서는 콤플렉스를 갖고 있었다. 그런데 이복동생인 가디언이 그런 그녀의 약점을 건드리는 말을 한 것이다. 당연히 그녀의 기분은 상할 수밖에 없었다.

"지금 뭐라고 했어?"

헤르나가 아란테의 팔을 붙잡으며 물었다. 하지만 아란테도 물러서지 않았다.

"이거 놓는 게 좋을 텐데."

아란테가 위협했지만 헤르나는 그를 놓아주지 않았다. 그러자 아란테는 리니지 기프트를 사용하여 그녀를 공격하려 했다. 하지만 그녀에게 그의 능력은 통하지 않았고, 오히려 아란테의 가슴에 알 수 없는 충격이 전해졌다. 아란테는 거대한 힘에 밀려 날아가 벽에 부딪쳤다.

"뭐야… 힘을 숨기고 있었던 거야?"

아란테가 충격을 받은 표정으로 먼지를 털며 말했다. 헤르나가 아란테와 같은 기프트를 이어받았다는 걸 목격한 가디언 가문의 하인들도 술렁이기 시작했다.

"하녀의 딸 주제에… 너무 과분한 거 아냐?"

자존심이 상한 아란테는 자신의 이복 누나를 맹렬히 공격했다. 둘의 기프트가 정면으로 충돌하자 저택 천장에 금이 가기 시작했다. 아란테가 예상했던 것보다도 헤르나의 기프트가 가진 힘이 훨씬 강했던 것이다.

헤르나는 이 무의미한 싸움을 끝내기 위해 강한 펀치를 날려 아란테를 쓰러뜨렸다.

"이제 그만해. 이러다가 집이 무너지겠어."

"누구 맘대로 끝내!"

그는 소리를 지르며 더욱 거세게 달려들었다. 결국 헤르나는 양손에 모든 에너지를 모아 그의 머리를 가격하는 수밖에 없었다. 그나마 조용하게 이 소동을 끝낼 수 있는 유일한 방법이었다. 공격을 맞고 바닥에 쓰러진 아란테는 그대로 정신을 잃었다.

헤르나는 하인들을 시켜 의식 없는 아란테를 자신의 방으로 옮기게 했다. 가문의 수장을 잃은 지금, 그녀는 해야 할 일이 아주 많았고 철없는 동생과 놀아줄 시간이 없었다.

*

가디언의 저택에서 그런 소동이 벌어지고 있을 무렵, 데라크스 후작은 외딴 섬에서 페르다 1세를 섬기던 섀도우 가문의 후예를 만나고 있었다.

"아직 숨이 붙어 있었군."

오래 전에는 황제의 미래를 예언하는 자로 호사를 누리던 섀도우였지만, 이제 그의 앞에 서 있는 것은 섬에 갇혀 혼자서 죽을 날을 기다리는 늙고 병든 노인일 뿐이었다.

"나를 보고 싶다고 했다면서?"

섀도우는 새로운 예언이 있을 때마다 데라크스에게 연락을 했다. 황제가 자신의 예언을 들어줄 수 없는 지금, 누군가에게는 예언을 남겨야 하는 것이 예언자의 의무였고 그를 찾아올 수 있는 것은 그를 가둔 데라크스밖에 없기 때문이었다.

"그래 이번 예언은 또 무엇인가?"

"……페르다 왕국에 멸망이 찾아올 것입니다."

"뭐?"

여태까지 데라크스가 들어온 나쁜 예언 중에서도 최악이었다. 아니, 이건 예언이 아니라 거의 망언에 가까울 정도였다.

"멸망이라니! 그게 무슨 헛소리린가? 우린 태양계 전쟁에서 승리한 우주 최강의 제국이야! 이제부터 번성해 나갈 일만 남았는데······."

"틀림없습니다. 앞으로 1000년 안에 페르다 왕국은 반드시 멸망합니다."

"자네의 예언은 피할 수 없는 것인가? 정해진 멸망을 막을 방법도 물론 있겠지?"

"페르다 왕국의 멸망은 피할 수 없습니다. 다만······."

섀도우 가문의 노인은 한참 동안 말이 없었다.

"······이 행성이 아닌 다른 곳에서 그 명맥은 이어갈 수 있을 것입니다."

"······?"

"새로운 개척지를 찾으십시오."

그는 그 말만을 남기고 노인은 어떤 질문에도 더이상 대답하지 않았다.

섬에서 데라크스의 비행선이 이륙하는 순간, 망토를 쓴

한 남자가 멀리서 그 모습을 지켜보고 있었다. 그는 데라크스가 완전히 떠나는 것을 확인한 뒤 섀도우 가문의 노인이 살고 있는 집으로 향했다.

"누구냐?"

집을 지키던 경비병이 제지했지만, 손을 뻗어 텔레파시로 경비병을 잠재운 그는 태연히 집 안으로 들어가 섀도우 가문의 노인을 만났다.

"……왔군."

그는 마치 손님이 올 것을 알고 있었다는 듯 말했다.

"처음 뵙겠습니다, 할아버지. 제가 바란입니다."

남자는 망토를 벗고 한쪽 무릎을 꿇으며 자신을 소개를 했다.

"놀랍군. 우리 일족에게 후계자가 아직 남아 있었다니… 언제부터인지 몰라도 꿈을 꾸지 못하게 된 때부터 누군가 태어났을 거라고 짐작하긴 했지만……."

데라크스는 황제의 예언자인 섀도우 가문을 완전히 멸문시키려 했다. 그래서 페르다 1세의 예언자를 외딴 섬에 감금하고 그의 자손들을 모두 처형했다. 그것이 이른바 '피의 바람'의 시작이었다.

일방적인 학살에서 살아남은 몇 안 되는 섀도우 가문의 일원들은 리니지 기프트를 이어가기 위해 필사적으로 자식을 낳았다. 하지만 그들 중 대부분은 데라크스 후작의 명령을 받은 암살자에게 살해당했다.

"네. 제가 데라크스로부터 살아남은 유일한 후계자입니다. 사실 태어나는 순간부터 할아버지의 존재를 느끼고 있었어요. 좀 더 일찍 왔어야 하는데……."

바란은 죽어가고 있는 할아버지의 육체를 따뜻하게 안아주었다.

"아니야… 이렇게 후계자를 직접 만나니… 정말 미련없이 떠날 수 있을 것 같구나."

"걱정하지 마세요. 이제 데라크스의 운명을 아셨으니, 편안하게 눈 감으실 수 있을 겁니다."

그 말을 들은 노인은 바란을 향해 물었다.

"그래, 그 예언… 사실인가? 나는 꿈을 꾼 적이 없어. 나와 연결된 자네가 들려주는 목소리만 듣고 그대로 한 것뿐일세."

"걱정하지 마세요. 데라크스는 분명히 죽고, 저희는 가문의 복수를 이룰 것입니다. 물론 오늘 일이 그 첫걸음이 될 거고요."

그는 예언자였고, 아주 먼 미래를 내다볼 수 있었다. 하지만 섀도우 가문의 후계자가 당사자에게 거짓 예언을 직접 하는 건 금지되어 있었다. 만약 그가 직접 데라크스 앞에 나서서 페르다 왕국의 멸망을 이야기하려 했다면, 할아버지와 똑같이 말할 수 없었을 것이다.

그래서 그는 할아버지를 통해 데라크스에게 거짓이 섞인 예언을 전달했다. 그리고 이제 그는 데라크스가 그 거짓 예언에 사로잡혀 어떻게 파멸을 향해 갈지 명확하게 볼 수 있을 것이다. 그것이 그가 그린 가문의 복수를 위한 큰 그림이었다. 반드시 실현될 운명이었다.

4.
대항해 시대

"가디언의 다음 후계자는 하녀의 딸이라고 들었습니다. 바로… 당신인가요?"

데라크스가 저택으로 돌아왔을 때, 그를 기다리는 손님이 있었다. 다름 아닌 헤르나 가디언이었다.

"소문대로 정보력이 대단하시군요. 그 이상으로 무례하시고요."

"정보력이야 두말할 필요도 없죠. 당신 아버지 같은 반역자를 찾아내는 것만 봐도 알 수 있잖아요. 그리고, 반역자의 딸에게 굳이 예의를 갖출 필요가 있을까요?"

"바로 그 문제요."

헤르나는 작은 디지털 칩을 하나 꺼냈다.

"제가 아버지의 무죄를 증명할 수 있는 증거를 가지고

있다면 어떨까요?"

칩을 작동시키자 홀로그램 영상이 떠올랐다. 영상에는 알렉산드라-아리아가 아란테를 유혹해 들라크와-디-한드로에게 모든 죄를 떠넘기는 모습이 모두 담겨 있었다.

"후작 님께서 지혜롭게 판단해주시길 바랍니다."

헤르나의 어머니는 떠나면서 딸에게 가문을 조심하고, 절대로 그들을 믿지 말라는 충고를 잊지 않았다. 헤르나 역시 자라면서 그 말이 무슨 뜻인지를 매 순간 깨달을 수 있었고, 집 안 구석구석 자신만 알고 있는 비밀 카메라를 설치했다.

원래는 가문 사람들이 자신에게 누명을 씌울 때를 대비한 것이었는데, 의도치 않게 그 카메라 덕분에 알렉산드라-아리아의 음모를 밝혀낸 것이다.

"재미있군."

데라크스는 헤르나가 보여준 영상에 흥미를 보였다.

"그래서 원하는 게 뭔데?"

"간단한 교환입니다. 아버지를 풀어주시죠. 아란테를 드리겠습니다."

헤르나의 말에 데라크스는 의미심장한 눈빛으로 바라보았다.

"하긴, 둘은 어머니가 다르니 우애 같은 건 없겠군. 후계자로서의 치열한 경쟁은 있어도."

"아쉽지만 저는 제 이복동생에게 경쟁할 만한 가치를 못 느낍니다. 가문에 수치나 안 주면 다행인 놈과 경쟁은요."

그녀의 단호한 태도가 데라크스는 마음에 들었다. 그리고 그녀가 가지고 온 제안 역시 마찬가지였다. 늙어 빠진 들라크와-디-한드로보다는 힘을 이어받은 아란테 가디언 쪽이 훨씬 더 훌륭한 포로였으니까. 그리고 그 순간 데라크스의 머릿속에는 또다른 계획이 차곡차곡 그려지고 있었다.

"왕국을 떠나게 됐다고?"

한스-아리아는 자신의 딸과 홀로그램 영상 통화를 하고 있었다. 하지만 먼 길을 떠나는 딸의 표정은 밝지 않았다.

"네, 데라크스 후작이 저를 새로운 개척지를 찾는 항해단에 포함시켰습니다."

"근데 표정이 너무 어두워 보이는구나."

"……다시 돌아오지 못할 수도 있다고 해서요."

그 말을 들은 한스-아리아의 표정 역시 어두워졌다. 딸의 긴 항해가 본인의 뜻이 아닐 수도 있음을 눈치챈 것 같았다.

사실 알렉산드라-아리아에게 이번 항해는 임무가 아닌

형벌에 가까웠다. 알렉산드라-아리아의 배신을 눈치 챈 데라크스 후작은 그녀에게 죄를 묻는 대신 우주대항해 프로젝트를 통해 그녀를 처리하기로 한 것이다. 데라크스가 생각하기에 이것은 그녀의 아버지인 한스-아리아를 적으로 돌리지 않으면서도 그녀에게 벌을 내릴 수 있는 최선의 방법이었다.

알렉산드라-아리아 뿐 아니라 그녀만큼 보기 싫은 아란테 가디언과 눈엣가시 같은 케이와 테라륨 전사들까지 모두 이 프로젝트에 포함되었다. 이것은 데라크스가 생각해낸, 섀도우 가의 말을 따르면서 배신자나 자신에게 위협이 될 사람들을 모두 제거할 일거양득의 묘책이었으니까.

"데라크스 후작은? 같이 가는 거냐?"

"아닙니다."

"왜? 무슨 일이라도 있는 거야?"

"아무래도 제가… 후작 님을 서운하게 한 일이 있나봅니다."

알렉산드라는 차마 자신이 저지른 일들을 두 양부에게 이야기할 수 없었다.

"일단 너를 도울 수 있는 방법을 찾아보마."

한스-아리아는 머릿속으로 생각을 하느라 무뚝뚝한 말투로 그렇게 말했다. 먼 길을 떠나는 딸에게 조금 더 다정하게 말할 수도 있지만, 그에게는 그것보다 데라크스 후작에게 어떤 영향력을 행사할 수 있을지 생각해보는 일이 더 중요했다. 그가 데라크스에게 후원하는 금액이 얼마인데 딸을 오지로 보내려고 하다니.

하지만 우선 딸이 데라크스에게 어떤 잘못을 저질렀는지 알아야 하는데, 알렉산드라는 그것을 말해줄 것 같지 않았다. 그때, 옆에 있던 타츠미가 단순하고도 명쾌한 해답을 내놓았다.

"우리도 같이 가는 건 어때?"

"뭐?"

"이 기회에 함께 우주 여행도 하고. 그동안 당신 사업 때문에 제대로 여행도 못 했으니까."

타츠미의 갑작스러운 제안에 한스-아리아는 당황했다.

"그러실 필요는 없어요. 제 일은 제가 알아서 해야죠."

당황한 것은 알렉산드라-아리아도 마찬가지였다. 그녀가 쫓겨가듯 떠나게 된 것은 데라크스 후작 암살 음모가 발각되었기 때문이다. 만약 이 일이 부모님께 알려지면 자신에게 실망하실 것이 분명했다.

하지만 고민하던 한스-아리아의 결정은 그녀의 바람과는 달랐다.

"우리도 같이 가자. 네가 어쩌다 데라크스 후작을 실망시켰는지는 모르겠지만, 새로운 개척지 개척에 우리가 동참한다면 데라크스 후작도 함부로 대우할 수 없겠지."

한스-아리아는 어찌 되었든 자신이 딸을 지지하고 있다는 사실을 데라크스에게 시위할 필요가 있었다.

"네, 알겠습니다. 아버지."

알렉산드라-아리아도 결국은 따르는 수밖에 없었다. 그녀는 예의 바르게 인사를 하고 홀로그램 통화를 끊었다. 그녀의 근심이 하나 더 늘었다.

*

"페르다인들이여! 우리의 운명은 이제 이 개척단에 달렸습니다. 반드시 새로운 개척지를 찾아 그들이 우리 페르다 왕국의 멸망을 막을 수 있기를 바랍니다!"

군중들이 모인 페르다 궁전 앞 광장에서, 페르다 2세가 큰 소리로 외쳤다. 물론 그는 데라크스의 꼭두각시에 불과했다.

데라크스 후작은 황제의 옆에 앉아 자신이 직접 고른 개척자들의 얼굴을 하나하나 훑어보았다. 아란테 가디언, 케이 루나벤켄도르와 카림까지… 그의 시선이 알렉산드라-아리아에게 머물렀을 때, 그녀는 마치 그것을 눈치채기라도 한듯 시선을 돌려 데라크스 후작의 얼굴을 빤히 바라보았다. 깜짝 놀란 데라크스 후작은 자기도 모르게 시선을 회피했다. 어느새 한스-아리아가 다가와 말을 걸었다.

"결국 제 딸을 보내시는 겁니까?"

"시스 행성에 계시다고 들었는데, 언제 돌아오신 겁니까?"

"제 딸이 갑자기 먼 여행을 떠난다는 소식을 듣고 가만히 있을 수가 있어야죠."

"따님은 저희 왕국의 멸망을 막기 위해 용감한 선택을 한 겁니다."

"그럼 그 예언을 정말 믿으시는 겁니까?"

"오래 전부터 내려오는 전통입니다. 다른 선택이 있을까요?"

"아시다시피, 저는 그 예언을 믿지 않습니다. 그런 확실치도 않은 일에 제 딸의 운명이 달려 있다니 애석하기 짝이 없군요."

한스-아리아의 말에는 뼈가 있었다. 데라크스는 그의 태도에 기분이 상했지만 그렇다고 황제 옆에서 그런 모습을 보여주고 싶진 않았다. 또 이번 개척단의 지원을 위해서도 한스-아리아의 도움은 꼭 필요했기에 그와 사이가 틀어지는 일은 곤란했다.

"뭔가 오해가 있으신 모양인데, 저희 저택으로 초대하

겠습니다. 귀한 지구인의 술을 구했는데 그걸 드시면서 함께 얘기를 나눠보시죠."

데라크스는 한스-아리아를 달래기 위해 손을 내밀었다.

"초대는 감사합니다. 그런데 어쩌죠? 저희도 딸과 함께 개척단에 합류하기로 해서요."

뜬금없는 그의 말에 데라크스는 잠깐 불편한 표정을 지었다.

"저희가 직접 개척단에 참여해 페르다 왕국의 멸망을 막기 위한 계획이 어떻게 실행되는지 확인해보도록 하죠."

"아… 그럼 무기 지원은…….."

"물론 저희 가문은 후작 님과 계속 함께할 생각입니다. 다만 제 딸 역시 저희 가문을 대표한다는 점은 잊지 말아주시죠."

"네, 저도 항상 따님을 아리아 가문의 대표로 생각하고 있습니다. 염려 마시죠."

짧은 대화가 끝난 후 두 사람 사이엔 어색한 침묵과 긴장감만이 흘렀다. 하지만 그 자리에 더이상의 언쟁은 불필요하다는 것은 둘 다 동의하고 있었다.

한스-아리아가 떠난 뒤 데라크스 후작은 불편해진 심기를 숨길 수 없었다. 오랜 정치적 동반자를 잃은 것 같은 느낌이었다. 관계를 봐서 한 번 쯤은 알렉산드라의 잘못을 눈감아주었어야 했나 생각했을 정도로.

하지만 이내 그는 고개를 저었다. 알렉산드라는 자신을 암살하려 했을 뿐 아니라 일이 틀어지자 자신의 잘못을 남에게 떠넘기고 무마하려는 시도를 했다. 다른 사람이라면 열 번도 넘게 죽임을 당했을 일이었다. 그나마 이 정도로 넘어가는 것도 데라크스에겐 이례적인 일이었다.

그러자 이번에는 어쩌면 이 모든 것이 딸의 음모가 아닌 그녀의 아버지로부터 비롯된 것이 아닌가 하는 의심이 들었다. 적어도 이젠 예전처럼 굳건한 동반자 관계로 돌아갈 수 없는 사이가 된 것은 분명했다.

말은 그렇게 했지만 과연 나에게 자금 지원을 계속할까? 하는 의심을 떨치기가 쉽지 않았다. 데라크스 후작은 지금의 상황을 바르게 대처할 방법을 모색했다.

저택으로 돌아온 데라크스 후작은 급하게 블랙리스트 특별기록전담팀을 호출했다.

"해적왕에게 전할 말이 있는데……."

"방해 전파를 이용해서 숨어 있는 상태라 쉽게 연락이 닿기는 힘들 것 같습니다."

"최대한 빠른 시일 내로 찾아내. 아주 중대한 일이야. 놈에게 엄청난 보상이 있을 거라고 해. 최대한 빨리."

통화를 끊자 데라크스는 불현듯 아찔한 어지러움을 느꼈다. 그의 마음 깊은 곳에서부터 외로움이라는 감정이 스멀스멀 기어 올라오고 있었다. 비록 자신을 배신하긴 했지만, 알렉산드라는 그를 있는 그대로 받아줄 수 있는 몇 안 되는 사람이었다.

어린 시절 못생기고 왜소한 데다가 소심하기까지 했던 그는 항상 다른 아이들에게 놀림을 받았다. 페르다 2세와 가까워진 것도 황제인 페르다 2세가 놀림을 당하던 자신을 구해줬기 때문이었다. 몸이 약해서 어렸을 때부터 휠체어 신세를 졌던 페르다 2세 역시 혼자였기 때문에 따돌림을 당하는 데라크스의 심정을 잘 이해할 수 있었던 것이다. 둘은 사촌 관계이기에 앞서 서로에게 유일한 친구이기도 했다.

갑자기 옛 생각에 울적해진 데라크스는 지구인들이 만든 술을 꺼냈다. 술에 적당히 취했을 무렵, 하인 한 명이 황제의 방문 사실을 알렸다.

황제의 방문은 원래 예정된 것이었다. 데라크스가 황제를 초대했기 때문이었다. 하지만 황제가 휠체어를 타고 응접실로 들어왔을 때, 데라크스 후작은 예를 표하지 않고 등을 돌린 채 발코니에서 술을 마시고 있었다.

"나를 보고 싶다고 했다고? 데라크스… 형."

황제는 데라크스의 무례함을 탓하는 듯 말했으나, 황제의 얼굴은 굳어 있었다. 그도 데라크스의 이 초대가 일상적인 것이 아니라는 것은 짐작하고 있었다.

"한잔… 하시겠어요?"

그제야 데라크스는 뒤돌아 황제를 보며 잔을 권했다.

"이게… 지구인들이 만들었다는 그 술인가?"

"그렇습니다. 오랜 시간 숙성해서 깊은 맛이 나지요."

술을 한 번도 마셔본 적 없는 페르다 2세였지만, 그 말을 듣는 순간 호기심이 동했는지 잔을 받아 살짝 입에 대 보았다. 하지만 도저히 이해할 수 없는 쓴맛만 느껴질 뿐이었다.

"좋은 술이지만, 맛을 모르는 사람들에겐 지독한 냄새와 쓴맛밖에 느낄 수 없지요. 그런데 권력도 마찬가지 아닐까요? 권력의 힘과 이로움을 모르는 사람에겐 수준에 안 맞는 고급스러움 같은 거죠. 이 술처럼."

황제는 데라크스의 말을 이해할 수 없다는 표정을 지었다.

"이젠 때가 된 것 같군요. 사랑하는 내 동생."

순간 페르다 2세의 목에 주사바늘이 꽂혔다. 비밀스럽게 다가온 데라크스 부하의 짓이었다.

"실험실로 모시게."

황제는 단순히 정신을 잃었을 뿐이었다. 데라크스는 황

제를 실험실로 데려가 특별기록전담팀에서 개발한 특수 약물을 투여할 생각이었다. 그 약은 수용자가 기억하고 있는 모든 사실을 말하게 만드는 진실의 약이었다.

그는 황제가 자신을 둘러싼 음모의 배후에 대해 알고 있다고 확신했다. 그리고 그 약물은 자신의 생각이 맞는지 그에게 확인시켜줄 것이었다.

"우린 한때 친구였지. 예전처럼 모든 걸 말하는 사이였다면… 이런 약도 필요 없었을 거야."

자신의 부하에게 안겨 멀어져가는 황제의 모습을, 데라크스는 아련하게 지켜보고 있었다.

5.
붉은 새벽의 출항

데라크스 후작이 오랜 기간 권력의 정점에 군림하면서, 그가 이끄는 체제에 불만을 가지는 이들도 늘어났다. 세계의 중심에서 벗어난, 변두리의 귀족들과 신하들이었다. 그들은 자신들의 힘으로 데라크스를 끌어내릴 계획을 세웠고, 혁명 같은 복잡한 방법보단 데라크스의 암살을 도모하기로 했다.

암살 계획의 선봉에 선 것은, 농부 출신 영주들이 주 구성원인 후만 가문이었다. 그들의 행성은 자연의 축복을 받아 대부분이 비옥한 토지로 이루어져 있었다. 농업이 행성의 주된 사업이었지만, 자급자족이 가능했고 행성민들은 모두 육체노동으로 단련되어 있어 군사력이 필요하지도 않았다.

더 좋은 것은 그들의 행성이 발견되기 힘든 곳에 자리 잡고 있다는 것이었다. 덕분에 같은 태양계의 다른 행성들이 야만족의 침공을 받고 전화戰火에 휩싸일 때도 후만 가문의 행성은 구석에 잘 숨어 있었다.

하지만 끝없이 계속되는 평화는 없었다. 노라스단테 왕이 마침내 그들의 행성을 발견한 것이다. 막강한 군사력을 가지고 있던 그들에게 저항할 수 없었던 후만 가문은 울며 겨자 먹기로 그들과 동맹을 맺게 되었고, 그후 모든 것이 변하게 되었다.

후만 가문은 비옥한 땅에서 수확한 작물들을 노라스단테 왕국에 바쳐야 했고, 노라스단테 왕국이 멸망하고 페르다 왕국이 들어선 후에도 마찬가지였다.

하지만 식량을 바치는 세월이 점점 길어지자, 페르다 1세는 왕국에 식량을 보급해준 그들의 공을 인정해주기로 했다. 황제는 후만 가문의 귀족들을 황실로 데려와 경제와 재정을 관리할 수 있는 권한을 나눠주었다. 어느 나라나 그렇지만, 돈과 식량을 책임지는 자들은 결국 권력의 핵심을 차지하기 마련이다. 황실에 작물을 납품하면서 돈줄을 틀어쥔 후만 가문의 영향력은 점점 더 강력해질 수밖에 없었다.

하지만 데라크스 후작이 본격적으로 왕국을 운영하면

서, 후만 가문은 또 한번 변화를 겪었다. 데라크스는 토지의 사유화를 반대하였으며, 그들의 비옥한 행성을 국유화하려는 계획을 세웠다. 그는 식량의 가격이 너무 높고, 음식물처럼 필수적인 재화에 대해서는 국가가 가격을 통제해야 한다는 주장을 하며 국유화를 시도한 것이다.

물론 그 과정이 쉽지는 않았다. 후만 가문은 반발했고, 데라크스 후작의 주장에 대한 반박도 만만치 않았다. 하지만 격렬한 논쟁 끝에 결국 의회는 국유화를 승인할 수밖에 없었다. 물론 그것은 데라크스가 논쟁에서 승리했기 때문이 아니라, 반대하는 의원들을 모두 매수하거나 협박해서 그들의 의견을 바꿔놓았기 때문이다.

두 눈을 시퍼렇게 뜨고 하루아침에 자신들의 행성에 대한 소유권을 빼앗긴 후만 가문은 나약한 페르다 2세와 알렉산드라-아리아를 이용해 데라크스를 암살하고 예전처럼 자신들의 행성으로 물러나 숨어 있을 계획을 세웠다.

하지만 그들이 예상치 못한 것이 있었다. 데라크스 후작의 지휘 하에 있던 특별기록전담팀이 개발한 특수 약물이었다. 약물을 투여받은 페르다 2세는 후만 가문의 음모에 대해 모조리 털어놓았다. 데라크스는 우주대항해 프로젝트의 참가자들이 떠나는 날, 이 음모에 관련된 후만 가문의 인물들에 대한 대규모 숙청을 거행했다. 해가 뜨기 전까지 몇 시간 동안 죽은 이들은 수백 명에 이르렀고 역사가들은 이때를 가리켜 '붉은 새벽'이라 명명했다.

그 붉은 새벽, 항해가 예정된 자들은 페르다 왕국에서 어떤 학살이 일어나고 있는지 알지 못한 채 각자의 전함에 탑승해 우주로 떠나고 있었다.
"도저히 믿을 수가 없네요. 페르다 왕국이 1000년 안에 멸망한다니."
하지만 케이의 표정은 변화가 없었다.
"페르다 왕국이라고 영원하리란 법은 없지. 1000년을 못 채워도 이상할 일은 아니야."
아리아 3세는 케이의 말에 당혹감을 느꼈다. 그녀는 페르다 왕국의 부대에 속한 군인으로 아직 소속감과 충성심을 가지고 있었다. 하지만 케이는 이미 자신만을 위한 길을 걷기 시작한 것처럼 보였다.
"아무래도 상관없어. 지긋지긋한 데라크스 후작의 손아귀에서 벗어날 수만 있다면."
별빛조차 없는 새까만 우주 공간을 바라보며, 케이는 아무런 감정도 느껴지지 않는 목소리로 중얼거렸다. 아리아 3세는 그런 케이를 응시하며, 어쩌면 이 남자의 내면도 저렇게 어두운 심연 같지 않을까, 잠시 생각했다.

"그나저나 이번 원정대의 구성은 참 독특하군요."

기분을 전환하려고 주변을 둘러본 아리아 3세의 눈에 알렉산드라-아리아가 눈에 들어왔다.

"한마음이 되어도 모자랄 중요한 임무에, 어떻게 이렇게 마구잡이로 인원을 구성했을까요? 다른 의도라도 있는 게 아닌지 의심스러운 것투성이에요."

"왜? 마음에 들지 않는 사람을 발견한 건가?"

그녀의 시선이 알렉산드라-아리아를 향해 있다는 것을 눈치 챈 케이가 물었다.

아리아 3세의 할아버지는 케일 마그네타-아리아였다. 그리고 알렉산드라-아리아는 할아버지를 살해한 한스-아리아의 딸이었다. 페르다 왕국은 케일 마그네타-아리아가 출장 중 우주 해적에 의해 사망했다고 발표했으나, 그의 딸인 아리아 2세는 진실을 알고 있었다. 하지만 그녀는 한스-아리아의 부와 권력이 두려워서 진실을 밝히는 대신 후계자 자리를 내려놓고 가문의 뒤로 물러섰다.

아버지의 뒤를 이어 가문의 후계자가 될 수 있는 가장 유력한 인물이 사라지자, 한스-아리아는 자신의 인맥과 부를 동원해서 아리아 2세의 사촌이자 자신의 딸인 알렉산드라-아리아가 그 자리를 차지하게 만들었다. 그리고 자신이 어린 딸을 대신해 권한대행의 역할을 수행하겠다고 발표했다. 물론 한스-아리아는 딸이 성장한 이후에도 대행의 자리에서 물러날 생각이 없었다.

"자네가 아리아 3세인가?"

아리아 3세가 알렉산드라-아리아에게 정신이 팔려 있는 사이, 조용히 한스-아리아가 다가와 물었다. 그녀는 깜짝 놀라 그에 대한 적대감도 잊고 예의 바르게 대답했다.

"네, 맞습니다."

"반가워. 나는 한스-아리아라고 하네."

어머니의 증오 섞인 목소리로 수백 번은 들은 이름이었지만 실제로 보는 것은 처음이었다. 그녀는 머릿속에서 이미 여러 번 그의 배에 칼을 쑤셔 넣었다. 하지만 정작 자신의 앞에 서 있는 그는 늙고 평범한 장사꾼 한 명으로만 보였다.

"테라륨 주입을 받았다고?"

"네."

"아리아 가문에게 테라륨의 피라… 무슨 생각으로 그랬는지 궁금하네."

그 한마디에 그에 대한 적대감이 확 다시 되살아났다. 아리아 3세는 날카롭게 되물었다.

"아리아 가문인 제가 테라륨을 주입받은 게 수치스럽다고 생각하시는 겁니까?"

"그런 의도는 아니었어. 기분 나빴다면 사과하지."

눈에 보이게 흥분한 아리아 3세와는 달리 한스-아리아의 표정은 침착했다.

"내가 궁금했던 건 자네가 그런 선택을 한 이유야. 자네 어머니와 그 위 조상님들 모두 전사의 기프트를 이어받았으니까. 굳이 테라륨이 필요했을까 싶어서."

그의 말이 틀린 것은 아니었다. 아리아 가문 중 가장 강력한 힘을 물려받은 게 바로 순수혈통인 아리아 일가였기 때문에 당연히 기프트를 갖고 있지 않은 한스-아리아 입장에선 가질 수 있는 의문이었다.

하지만 아리아 3세에겐 그 힘이 충분하게 느껴지지 않았다. 그녀가 그렇게 생각할 수밖에 없었던 건, 아무래도 기프트를 가지고 있으면서도 싸움을 피해버린 아리아 2세가 강하다고 생각하지 않았기 때문이었다. 그녀는 딸에게 능력을 전수하는 것에도 소극적이었다. 때문에 아리아 3세는 자신의 능력이 부족하다고 느낄 수밖에 없었다.

"태양계 전쟁이 그만큼 치열했기 때문이라고 해두죠. 기프트만으로 살아남기에는 힘드니까요."

"그래……."

한스-아리아는 납득할 순 없었지만 대화를 더 이어 나가긴 힘들다는 판단을 내렸다. 마침 둘 사이에 끼어든 또

다른 인물이 화제를 전환시켜 주었다.

"이렇게 만나서 대화 나누는 모습이 꽤 낯설군요?"

"어머니!"

아리아 3세는 아리아 2세의 갑작스런 등장에 의아한 표정을 지었다.

"여긴 어떻게?"

"미리 말하지 못해서 미안하구나. 우리도 개척에 동참하기로 했단다."

아리아 2세는 우아한 미소를 지으며 대답하고는 한스-아리아 쪽으로 고개를 돌렸다.

"오랜만이네요."

"오랜만이군."

어색한 웃음을 지으며 인사하는 한스-아리아의 표정은 살짝 불편해 보였다.

"가문 회의에는 단 한 번도 참석하지 않더니 의외의 곳에서 만나게 되는군."

"대리인을 보내면 절차상 문제가 없는 것 아니었나요?"

"그래. 문제는 없지."

예전과 달리 자신의 말을 대범하게 받아치는 아리아 2세의 모습에 한스-아리아는 당황했다.

"그럼 나는 이만, 실례하지."

아리아 2세는 한스-아리아의 모습이 완전히 사라진 뒤에 긴 한숨을 내쉬었다.

"괜찮으세요, 어머니?"

방금 전까지 아버지를 죽인 살인범과 말을 주고받던 대범한 모습은 사라지고, 약하고 겁 많은 어머니의 모습이 돌아와 있었다. 아리아 3세는 한편으로는 그 모습을 보고 마음이 놓이기도 했다.

"괜찮아, 내 걱정은 마라. 그보다… 너는 마음의 준비가 된 거니?"

"아직 잘 모르겠어요. 이게 어머니가 말씀하시던 제 운명인 걸까요?"

아리아 2세는 어느새 성인이 되어 군인으로서 근육질의 몸을 가지게 된 딸의 모습을 바라보았다. 그녀의 기억 속 딸은 항상 작고 귀여운 소녀였는데, 그 아이는 어디 가고 강인한 여전사가 자신 앞에 서 있는지… 눈으로 보면서도 이해하긴 힘들었다.

하지만 아리아 3세가 말했듯, 그녀는 가문을 일으킬 운명을 가지고 태어난 아이였다. 과거 섀도우 가문의 원로가 한 예언이니 틀릴 리 없었다.

"나도 잘 모르겠다. 네가 어떤 길을 걸어서 네 운명에 이르게 될지는… 하지만 이 모든 것이 그리로 가는 과정이라는 건 알아. 그러니까 두고 보면 알게 될 거다."

사실 그녀는 딸이 군에 입대할 때도 반대를 했었다. 가문을 일으킬 아이가 데라크스의 욕심 때문에 일으킨 전쟁에 휩쓸려 죽기라도 한다면 어떡할 셈인가. 하지만 오히려 그 전쟁은 아리아 3세를 강하게 만들었다. 그래서 그녀는 이번 항해도 그녀가 가문을 다시 일으킬 운명으로 가는 길 중 하나라고 믿고 있었다.

"너는 네 할머니를 많이 닮았어. 나와는 다르게 용맹하다는 뜻이야."

"저도 할머니에 대해서는 이야기를 들었어요. 제가 할머니 같은 업적을 이룰 수 있을까요?"

"넌 반드시 이룰 거야. 그래야만 하고. 그게 네 운명이니까."

아리아 2세는 딸의 머리를 쓰다듬으며 그렇게 말했다. 아리아 3세가 여전사가 아닌 예전의 귀여운 소녀처럼 느껴지는 순간이었다.

*

과거의 가문들은 모두 각자의 작은 행성들을 다스리는 영주들이었다. 같은 태양계에 존재하는 야만족들은 종종 이런 작은 행성들을 침입해오곤 했는데, 그들 때문에 골치를 썩었던 영주들은 동맹을 맺고 연합군대를 만들어 이런 공통의 적들로부터 스스로를 보호했다. 그들이 맺은 동맹들의 연합군은 컴패니언이란 이름으로 불렸다.

먼 옛날, 왕위에 오르기 전 노라스단테 후작은 자신의 행성 주변에 득실거리던 야만족을 정복하기 위해 컴패니언의 힘을 빌리기로 했다. 젊은 아리아 1세, 그리고 페르다 1세의 아버지인 존-패트릭-페르다와 루나벤켄도르 1세가 이끄는 컴패니언이 도움을 주었고, 덕분에 야만족을 굴복시킬 수 있었다.

전쟁이 끝나자 노라스단테 후작을 중심으로 왕국이 형성되었다. 하지만 노라스단테 왕국 체제 안에서 컴패니언은 분열의 조짐을 보였다.

그 분열의 시작은 루나벤켄도르 1세에게서 시작되었다. 루나벤켄도르 1세는 존-패트릭-페르다와 막역한 사이였고, 컴패니언의 설립 역시 둘의 연합에서 시작되었다. 반면 태양계 동쪽에 위치한 행성의 영주였던 아리아 1세는 컴패니언에 합류한 뒤, 남쪽 지역에 막강한 군사력을 가진 노라스단테 후작에 대해 알게 되었고 그와 다양한 교류를 하며 최종적으로는 그의 왕국 설립 계획에 컴패니언을 끌어들이기에 이르렀다.

하지만 왕국 설립에 적극적이었던 아리아 1세와 존-패트릭-페르다와는 달리, 루나벤켄도르 1세는 노라스단테 후작을 믿지 않았다.

왕국이 세워진 뒤 루나벤켄도르 1세는 왕위에 오른 노라스단테를 찾아가 건국 공신에 걸맞은 신분과 토지를 요구했으나, 노라스단테는 약간의 수고비만으로 무마하려 했다. 하지만 왕국 설립에 적극적으로 나선 아리아 일가와 페르다 일가에겐 왕족과 대등한 신분과 야만족들의 행성이 주어졌다.

건국에 적극적으로 참여한 자와 그렇지 않은 자가 동등한 대우를 받는 것은 물론 공정하지 않은 일이지만, 루나벤켄도르 1세의 경우 적극적이지 않은 태도가 문제였지 그가 왕국 건국을 위해 해낸 일들을 쉽게 무시할 수 있는 것은 아니었다. 그는 자신이 다른 두 명의 개국 공신과 그 정도로 큰 차별을 받아서는 안 된다고 생각했다.

분노한 루나벤켄도르 1세는 컴패니언에 군사회의를 소집했지만 받아들여지지 않았다. 결국 그는 컴패니언에서 탈퇴했고 새로운 행성을 찾아 가문을 이주시켰다.

노라스단테는 물론이고 예전의 두 친구와도 소원한 사이로 지내던 루나벤켄도르 1세에게 어느 날 존-패트릭-페르다가 찾아와 화해를 권했다. 이것을 계기로 두 사람의 관계는 어느 정도 회복한 듯했으나, 그 과정에서 함께 사냥을 갔다가 루나벤켄도르 1세가 불의의 사고를 당해 사망에 이르고 말았다. 진실은 알 수 없었으나 사람들은 그 책임을 존-패트릭-페르다에게 돌렸고, 그는 졸지에 루나벤켄도르 가문의 행성에 감금되는 상태가 되고 말았다.

페르다 가문의 수장이 루나벤켄도르 가문의 행성에 인질로 잡혀 있다는 이야기가 퍼지자 오랜 타지 생활을 하던 페르다 1세가 귀환했다. 14세 때 우주여행을 떠났다가 24세에 돌아왔으니 딱 10년 만이었다. 그는 아리아, 가디언 그리고 섀도우 가문과 동맹을 맺은 후 루나벤켄도르 가문의 행성을 침공했다. 명분은 인질로 잡힌 아버지를 구하기 위한 것이었지만, 참전한 다른 가문들은 루나벤켄도르 가문이 지배하는 행성에 대한 욕심도 있었다.

한때는 동지였던 두 세력의 전쟁은 길게 지속되었다. 자신 때문에 일어난 전쟁이 너무 길어지면서 양측의 희생이 늘어나는 것을 볼 수 없었던 존-패트릭-페르다는 남편을 여읜 카리아 부인과 자신의 아들인 페르다 1세의 혼인을 제안했다.

이는 전쟁을 끝내는 것은 물론, 남편이 죽은 후 세력을 잃은 카리아 부인에게는 막강한 배경을 주고, 존-패트릭-페르다에게는 자유는 물론 방황하던 아들 페르다 1세를 안정시킬 수 있는 묘수였다. 이 혼인 덕분에 존-패트릭-페르다는 친구의 죽음을 둘러싼 논란에서도 벗어날 수 있었다. 물론 최소한의 책임을 지고 권력의 자리에서 물러나기는 했지만, 어차피 자신의 아들인 페르다 1세가 후계자로서 모든 자리를 물려받을 것이어서 큰 상관은 없었다.

이 와중에 노라스단테 왕은 몰락의 길로 접어들고 있었고, 우주의 정치판이 어지럽게 돌아가는 와중에 아무 조치도 취하지 못했다. 그러자 그를 따르던 다른 가문들도 모두 노라스단테 왕국을 등지고 페르다 왕국 건설에 앞장섰다.

결국 노라스단테 왕국은 멸망했고, 왕국을 배신했던 아리아 가문의 아리아 1세는 이번에도 그 공을 인정받아 페르다 왕국에서도 황제의 지지를 받으며 가장 존경받는 위치에 올라서게 되었다.

"무슨 이야기가 그렇게 재밌으신가요?"

아리아 가문의 모녀가 할머니의 업적을 떠올리며 대화하고 있는 사이, 케이가 와서 두 사람의 이야기에 끼어들었다.

"그쪽이 케이 루나벤켄도르인가요?"

"네, 맞습니다. 어떻게 절 알아보셨나요?"

"유명한 전쟁영웅이니까요. 또……."

그녀는 살짝 미소를 띠며 아리아 3세를 돌아보고 말했다.

"이 아이한테 귀에 딱지가 앉도록 듣기도 했고요."

"어머니는 참!"

순간 아리아 3세의 얼굴이 빨갛게 달아올랐다.

"제가 일을 많이 시키는 못된 상관이라고 어머님께 고자질이라도 했나 보군요."

케이는 농담으로 대화를 부드럽게 이끌어갔고, 세 사람은 즐겁게 이야기를 나눴다. 그리고, 그 모습을 한쪽 구석에서 말없이 바라보고 있는 한 사람이 있었다. 바로 도로시였다.

"뭘 보고 있는 거야?"

도로시의 쌍둥이 동생 헤르켄이 멍하니 케이를 바라보는 도로시에게 물었다.

"넌 알 거 없어."

하지만 도로시는 퉁명스러운 말만 남기고 동생을 피해 자리를 떠났다.

"도로시 님 기분이 안 좋으신 것 같은데 왜 그러실까요?"

어느새 바할이 헤르켄의 옆에 바싹 다가왔다.

"나도 몰라. 저놈 때문인가?"

헤르켄은 눈살을 찌푸리고 케이를 바라보았다.

"그나저나 이번 우주대항해 프로젝트의 숨겨진 의미에 대해 알고 계십니까?"

"숨겨진 의미라니?"

"여기 모여 있는 사람들 모두… 황제의 눈밖에 났기 때문에 포함되었다고."

바할은 목소리를 낮췄다.

"그래? 창권이 알아낸 건가?"

헤르켄은 미스터 창을 본명인 '창권'으로 불렀다.

"이런 정보는 그 녀석이 전문이죠. 황실의 의원 한 명을 포섭했답니다. 만나보시겠습니까?"

"그 사람 말대로라면 자기도 눈밖에 난 의원일 텐데 만나서 뭐 하게?"

"그게… 재밌는 계획을 갖고 있다고 하더군요."

"재밌는 계획?"

바할의 말에 헤르켄이 흥미를 보였다.

"새로운 정부를 세우려고 하는 것 같습니다. 뜻을 함께 할 사람들을 모으는 중입니다."

헤르켄의 눈이 반짝 빛났다. 그에게 지금 가장 필요한 것이 바로 권력 아니던가. 언제까지나 케이에게 눈 먼 도로시를 의지할 수는 없었다. 자신의 미래를 위해서는 스스로 해결책을 찾아야 했고, 그러려면 스스로 의사 결정을 할 수 있는 권력을 갖는 게 첫 번째였다.

"그 의원의 이름이 뭐지?"

"후만 가문 출신의 디아고라고 하더군요."

은밀한 비밀이라도 되는 듯, 바할이 속삭이며 말했다.

태양계 전쟁이 끝난 후 페르다 왕국에 온 바할과 미스터 창은 도로시의 눈을 피해 은밀히 황제의 신하들과 접촉하고 있었다. 그들도 나름 자신의 헤게모니를 구축하고 살아남을 방법을 찾고 있었던 것이다. 케이가 아리아 3세와 즐거운 시간을 보내고 있는 동안, 도로시를 제외한 데오르피오 출신의 인물들은 저마다 자신만의 길을 만들어가고 있었다.

"알았어. 한번 만나볼 가치는 있겠군."

"좋은 생각입니다. 케이가 저렇게 정신이 팔려 있을 때 우리의 할 일을 하는 게 맞죠."

바할은 대화를 나누는 케이와 아리아 일행을 바라보며 헤르켄의 말에 맞장구를 쳤다.

한편 자리를 옮긴 한스-아리아는 서 있는 알렉산드라-아리아 곁으로 다가갔다.

"마음이 좋지 않아 보이는구나."

그의 말대로 그녀의 표정은 그리 밝지 않았다.

"이제 낯선 곳에서의 생활이 시작되는 거니까요."

"어렵게 생각하지 마. 오히려 잘된 일일지도 몰라. 새로운 개척지라면… 당연히 데라크스 후작의 영향력이 약할 수밖에 없어. 거기서 너도 네 꿈을 다시 펼칠 수 있을지 모른다."

"맞아요. 그에게서 벗어나는 거라고 생각하면, 그리 나쁜 건 아니네요."

한스-아리아의 위로에 알렉산드라도 희미한 미소를 지었다. 하지만 한스-아리아의 말 전부가 딸을 달래기 위한 빈말은 아니었다. 그는 실제로 새로운 개척지에서 자신의 왕국을 만들 계획을 세우고 있었다. 데라크스는 개척의 이름을 빌려 마음에 들지 않는 이들을 추방하려고 했지만 정작 어떤 이들은 그것을 기회로 받아들이고 있었던 것이다.

그렇게 저마다 복잡하고도 다양한 속셈을 품은 사람들이 섞여 있는 가운데, 우주선은 넓고 어두운 진공의 공간을 가로질러 항해하고 있었다. 그리고 그들 사이, 마찬가지로 큰 야망과 복수심을 품은 또 한 명의 여행자가 신분을 숨긴 채 조용히 다른 사람들을 관찰하고 있었다.

그의 이름은 바란 섀도우였다.

6.
우주 해적

순식간에 1년이 흘렀다. 시스 원료를 사용하는 우주선은 상상도 못할 정도로 빠르게 움직이고 있었지만, 그럼에도 불구하고 페르다 왕국의 태양계를 벗어나 목적지도 정해지지 않은 채 광활한 은하를 항해하는 것은 엄청난 시간을 요하는 일이었다. 페르다 왕국에서 출발한 오십 대의 전함은 다섯 대씩 열 개의 편대로 나뉘어 각자 미지의 태양계를 찾아 우주를 누비고 있었다.

개척이나 우주 여행처럼 거창한 단어로 포장되어 있었지만, 지난 1년 동안 그들이 한 것은 사실 목적지도 없는 유랑일 뿐이었다. 앞으로 얼마나 더 남았는지도 모를 지루한 여정이 그들에게 남아 있었다.

하지만 데라크스의 계획에 따르면 열 개의 편대 중 그의 눈밖에 난 사람들이 타고 있는 한 개의 편대, 즉 다섯 대의 전함에겐 앞으로 남은 여정이 그리 길지 않았다. 그 편대가 따르는 항로는 항해 1년이 지난 시점에서 은하계의 악명 높은 해적왕의 영역에 들어서게 되어 있었던 것이다.

예정대로 해적왕의 영역에 그들이 들어서자, 순간 수십 대의 라이트 파이터기들이 전함을 둘러싸고 공격을 시작했다. 예상했던 공격임에도 전함의 함장과 항해사들은 제대로 대응하지 못하고 허둥지둥 매뉴얼을 찾았다.

"해적 출몰! 전투 가능한 인원은 모두 비행장으로!"

한 박자 늦게 경고 사이렌과 함께 병력의 출동 명령이 내려졌다. 가까스로 출동한 페르다 왕국 전함의 라이트 파이터가 적들과 치열한 전투를 벌이기 시작했다. 하지만 그 와중에 편대 내 전함 한 대가 거센 포화를 맞고 불을 뿜으며 기울어지기 시작했다.

"동력 상실! 제어 기능도 통제력을 잃었습니다!"

오퍼레이터의 다급한 목소리가 브릿지 안에 울려퍼졌다. 전함은 빠른 속도로 하강하며 주변의 다른 전함의 몸통을 향해 돌진했다.

"충돌합니다!"

두 대의 전함이 맞부딪치며 강렬한 폭발음이 터져 나왔고, 충돌한 전함들은 화염에 휩싸였다.

"2호기, 3호기는 포기한다! 구명정과 함께 탈출하라!"

함장의 명령이 내려지자 탑승 인원들은 빠르게 대피했지만 한두 대씩 빠져나오는 느린 구명정들은 해적들의 라이트 파이터에게 좋은 먹잇감이었다.

"생존자는 남기지 않으려는 속셈인 건가……."

단순한 해적이라면 격추가 목적이 아닐 것이다. 함정을 버리고 탈출하는 구명정까지 파괴할 이유가 없다. 전함의 함장은 자신들이 해적을 만난 것이 우연이 아니라 음모일지도 모른다는 생각이 들었지만, 그 생각을 입 밖으로 내기 전에 폭발과 함께 우주의 먼지로 사라질 수밖에 없었다.

알렉산드라-아리아가 이끄는 전함도 사정이 나은 편은 아니었다. 그곳에는 케이와 테라륨 전사들이 탑승하고 있었지만, 정작 지상전 전문인 그들이 이 전투에서 할 역할은 크지 않았다. 특수 슈트를 입고 라이트기들을 넘나들며 레이저 건과 강철검을 이용해 활약했지만, 빠른 속도로 움직이는 라이트 파이터기들의 포격을 막거나 제지할 수는 없었다.

혼돈의 한가운데, 이번엔 카림과 그의 부하들이 탑승한 전함도 침몰하기 시작했다. 카림은 자신의 부대원들을 데리고 탈출해 케이의 무리와 합류하여 적들과 싸웠으나, 물량과 무기를 앞세운 해적들의 공격 앞에선 속수무책이었다.

그나마 빛의 전사인 아리아 3세만이 빛의 검으로 대량의 라이트 파이터기들을 파괴하며 분전하고 있었다. 검은 강철을 사용한 창을 든 도로시도 그녀와 경쟁이라도 하듯 자신의 영역에서 적들을 물리치는 중이었다. 전함 세 대를 잃었지만 아직 두 대는 남아 있는 상황. 테라륨 전사들은 반격했지만, 시간이 갈수록 전세는 점점 기울어졌다.

그때 어두운 우주 저편에서 이 광경을 지켜본 전함이 한 대 있었다.

"지금 저기서 무슨 일이 벌어지고 있는 거지?"

그 전함의 함장으로 보이는 여성이 브릿지에서 그 장면을 바라보며 물었다.

"우주 해적들이 페르다 왕국의 전함을 습격하고 있습니다."

"상황은?"

"해적들에게 절대적으로 유리합니다. 다섯 대의 전함 중 세 대가 이미 파괴되었고, 이대로 가면 남은 두 대도 곧 침몰할 것 같습니다."

함장은 한동안 생각에 잠겨 있다가 혼잣말했다.

"……그래서 나한테 와 달라고 부탁했던 건가?"

함장은 방금 전보다 훨씬 단호해진 목소리로 전 함대에

명령했다.

"최대 속도로 전장으로 이동한다! 우리는 페르다 전함을 구한다!"

대원들이 분주하게 움직이기 시작했다. 항해사도 명령을 따라 궤도를 수정했다.

"알겠습니다. 키라시노아 알렉산드라 님."

가난한 어부의 가정에서 태어난 타츠미는 어릴 때부터 귀족이 되고 싶었고, 10살부터 집을 나와 상인들을 따라다니며 우주를 여행했다. 하지만 얼마 지나지 않아 해적을 만났고, 그에게 잡혀 노예 신세가 되었다.

그러다 우연한 기회에 여행자를 자처하는 '키라시노아 알렉산드라'에게 구출되었는데, 그녀는 그를 구출해줬을 뿐 아니라 제자로도 삼아주었다. 그녀가 그를 특별하게 취급한 것은 여러 이유가 있었지만, 무엇보다 그가 놀라운 노래 솜씨를 가지고 있었기 때문이었다.

타츠미가 성인이 되자 키라시노아는 그가 꿈을 이룰 수 있도록 '올라베네 행성'이라는 곳의 무대를 소개해주었다.

"비록 유흥가이긴 하지만 여기서라도 솜씨를 잘 발휘하면 더 큰 기회가 있을지 몰라."

그곳에서 일하던 타츠미는 종종 귀족들의 파티에 초대

를 받아 노래를 불러주었다. 변성기 따윈 거쳐본 적 없는 듯 소년처럼 맑게 뻗어 나오는 그의 고음은 많은 남자들을 매혹시켰다.

자신에게 관심을 보이는 수많은 남자들 중 타츠미가 무뚝뚝한 한스-아리아에게 끌린 건 아리아 가문의 재력, 그리고 그가 가진 사업가로서의 영리함 때문이었다. 그리고 마침내 그는 꿈꾸던 귀족 신분을 획득할 수 있었고, 한스-아리아와 함께 유흥가에서 데려온 의붓딸에게 스승의 성에서 따온 '알렉산드라'라는 이름을 붙여주었다.

*

"오랜만에 뵙습니다. 스승님."

타츠미가 키라시노아를 보며 정중히 인사했다.

"다들 무사해서 다행이군요."

키라시노아도 타츠미 일행들에게 반갑게 말을 건넸다.

"다 스승님 덕분입니다. 조금만 늦었더라면 다들 이 자리에 없을 거예요."

타츠미의 말에 모두들 안도의 한숨을 내쉬며 가슴을 쓸어내렸다.

"근데 제가 듣기론 그냥 여행자라고 들었는데, 어떻게

강력한 전함을 가지고 계신 거죠?"

끼어들 기회만 엿보고 있던 한스-아리아가 잠깐 대화가 비는 틈을 타 궁금한 점을 물었다. 역시 무기상답게 그는 키라시노아의 전함인 키라-IV에 관심이 많았다.

"그저 여러 가지 재료를 사서 개조를 좀 해봤어요."

"저런 막강한 전함을 혼자 개조했다고요? 검은 강철로 외관을 감싸고 왕국의 최상급 공격선과 맞먹는 수준인데?"

한스-아리아는 입이 떡 벌어질 만큼 놀랐다.

"저희 스승님은 5살 때 전함을 설계할 만큼 기계적으로 뛰어난 천재시라고요."

타츠미가 마치 자기 얘기라도 하듯 어깨를 으쓱하며 자랑스럽게 말했다. 한스-아리아는 여전히 믿어지지 않는다는 듯한 표정으로 키라시노아를 위아래로 훑어보았다.

해적들의 라이트 파이터기들에게 당하고 있던 전세는, 키라시노아의 전함 키라-IV가 전장에 등장하면서부터 180도 바뀌었다. 전함이 장착한 무기에서 내뿜는 막강한 화력 앞에 해적들의 라이트 파이터기들이 추풍낙엽처럼 쓰러져버린 것이다.

해적왕은 승산이 없다고 판단했는지 남은 병력들을 데리고 도주했다.

"키리시노아 님이 아니었더라면 정말 큰일이 날 뻔했습

니다. 다시 한번 감사합니다."

한스-아리아는 그녀에게 다시 한번 정중하게 감사인사를 건넸다.

"아닙니다. 타츠미를 잘 지켜줘서 감사합니다. 그러고 보니 저희 인연이 깊네요. 아버지와도 종종 무기 거래를 하셨었죠?"

키리시노아의 말에 한스-아리아는, 케일 마그네타-아리아가 고향을 침략한 해적왕과 전쟁을 벌였을 때 해적에게 무기를 공급했던 것을 떠올렸다. 덕분에 부와 권력이라는 두 마리 토끼를 잡는 데 성공했지만, 가문을 배신한 행위였기 때문에 자랑스럽게 생각할 순 없었다.

"네, 아주 오래 전 일이군요."

그 시절을 떠올리기 싫었는지 한스-아리아는 대화 주제를 조금 바꿨다.

"궁금해서 그러는데요, 오늘 저희를 습격한 게 아버님의 뜻일까요?"

"저희 아버지는 돌아가셨습니다."

"아, 죄송합니다."

"아닙니다. 아마 아버지의 뒤를 이어서 해적왕의 자리를 넘겨받은 건 제 둘째 오빠일 겁니다."

아는 이야기가 나오자 타츠미가 대화에 끼어들었다.

"둘째 오빠라면, 악랄하기로 유명한 피의 빌리아스… 말인가요?"

"그래, 타츠미도 우리 둘째 오빠 알지?"

타츠미는 빌리아스에게 속해 있던 노예였기 때문에 그의 인성에 대해서 잘 알고 있었다.

"이번 공격이 오빠의 짓인 건 확실하지만… 혼자서 벌인 일은 아닐 겁니다. 해적들은 이런 식으로 공격하지 않아요."

"맞아요. 저도 좀 이상하다고 느꼈습니다. 보통 해적들은 이렇게 파괴적으로 굴지 않죠. 적당히 겁을 주고 물건을 훔쳐 달아나는데, 일반적인 공격 패턴이 아니었어요."

"그렇다면 애초에 우리를 공격하도록 해적왕에게 사주한 누군가가 있다는 것인가요?"

타츠미가 물었다. 모두의 머릿속에는 같은 이름이 떠올랐다. 해적왕을 움직일 수 있을 정도로 강력한 권력과 금력을 가진 자. 이곳에 모인 사람들을 제거하고 싶은 사람.

화살표는 단 한 사람을 가리키고 있었으나 아무도 그 이름을 입 밖에 꺼내지는 않았다.

전투가 끝나고 뒷수습이 시작되었다. 그중 하나는 전사한 인원들을 파악하고 남은 사람들로 조직을 재편하는 것이었다.

어이없게도 테라륨 전사들을 담당하는 담당자는 아란테 가디언으로 지정되어 있었다. 그는 테라륨 전사들에 대해 아는 것도, 관심도 없었으므로, 대다수의 부하를 잃은 카림의 보병부대를 케이의 보병부대와 합쳐서 하나의 사단으로 재편하고자 했다. 그러나 카림은 강력하게 반발했다.

"왜 우리가 케이 밑으로 들어갑니까?".

"어차피 같은 테라륨 군인이잖아. 케이의 병력은 꽤 많이 남았으니까 거기에 합류하는 게 피차 편할 텐데."

"싫습니다. 남은 병력으로 우리 부대의 임무를 수행하겠습니다."

"남은 병력? 열 명 남짓한 병력을 데리고 뭘 할 수 있는데? 더군다나 그 임무라는 게 결국은 전함을 지키는 건데, 완전히 파괴되어 침몰한 전함을 무슨 수로 지키겠다는 거야? 명령에 따르고 불만이 있으면 케이한테 이야기 해."

"왜 제가 케이에게 이야기해야 합니까?"

"말했잖아. 두 부대의 병력이 합쳐지고 그 부대의 지휘관은 케이니까."

"케이는 저와 같은 계급입니다! 그런데 제가 케이 밑으로 들어가야 하는 겁니까?"

카림의 말을 계속 듣던 아란테는 짜증이 났다.

"그래? 케이랑 계급이 같아서 케이를 상관으로 모실 수 없다?"

"네."

"그 문제는 내가 당장 해결해줄 수 있지. 자네는 지금 이 시간부로 1계급 강등이야."

"뭐라고요?"

카림은 황당했다. 두 귀로 듣고서도 믿을 수 없었다. 하지만 아란테의 말은 진심이었다.

"난 그렇게 처리할 테니까 남은 사항은 직속상관하고 이야기하면 되겠네."

아란테 가디언은 그 말만 남기고 곧장 방을 나가버렸다.

"어서와. 결국 또 만나네."

케이가 카림을 보며 얄미운 표정으로 말했다.

"정말 어이없어, 이렇게 불공평한 일이 어디 있어!"

카림이 불만을 쏟아냈다. 하지만 케이는 그런 카림을 가만히 넘기지 않았다.

"상관 앞에서 무슨 말투인가, 카림 중령?"

"뭐?"

"지금 또! 계속 그렇게 불손한 태도를 보이면 징계를 내리겠네."

 방금 전 얄밉게 웃던 케이는 사라지고 단호하게 부하를 대하는 상관이 그 자리에 서 있었다. 그제야 카림은 케이가 장난을 치는 것이 아님을 깨달았다. 카림은 경례를 올리고 케이에게 상관에 대한 경의를 표했다.

 "그래, 좋아. 앞으로도 그렇게 하라고."

 케이는 카림의 어깨를 두드려 주었다.

 "어차피 시스 행성에서부터 너는 내 부하였어. 그게 이어진다고 생각하면 어렵진 않을 거야."

 카림의 자존심은 박살났지만, 이 상황에서 지금 그가 할 수 있는 것은 아무것도 없었다. 그는 이를 악물었다.

 "다행히 여행자의 도움을 받아 해적들은 물리칠 수 있었지만, 앞으로 또 어디서 놈들이 재정비해서 덤빌지 몰라. 이제부터 우리는 그들의 공격을 대비한 준비를 할 거야. 알겠나?"

 "예! 알겠습니다."

 케이의 말에 카림은 대답했고, 전함은 여전히 미지의 공간을 향해 나아가고 있었다.

Part 2. Close Encounter

1.
여섯 번째 아이

 키라시노아 알렉산드라는 해적왕의 여섯 번째 아이였다. 그녀는 이미 다섯 살에 비행선의 엔진을 만들고 비행선을 직접 조종했을 정도로 타고난 천재 엔지니어이자 파일럿이었다.
 그녀의 아버지는 약탈을 일삼는 해적이었고, 여자라는 이유로 그녀를 형제들과 차별하는 사람이었다. 이 모든 것에 환멸을 느낀 그녀는 오래된 우주선에 자신이 고안한 엔진을 장착하고 도주한 뒤 우주를 떠돌아다녔다.
 그녀는 새로운 우주선을 개발해 판매하기도 했고, 전 우주를 여행하며 획득한 희귀한 물품들을 귀족이나 왕족들에게 판매하는 무역상의 역할도 했다. 사람들은 그녀를 '여행자'라 부르며 대우했는데, 그녀 이후에 아예 비슷한 사업을 하는 사람들이 스스로를 '여행자'라 칭하며 하나의 직업으로 자리 잡았다.

알렉산드라-아리아가 지구인의 술을 구할 수 있었던 것도 여행자를 통해서였는데, 지구와 관련된 물품은 키라시노아에게 구하는 것이 가장 확실한 루트라고 알려져 있었다. 이는 그녀가 자신의 가족사 때문에 지구의 풍습과 물품에 관심이 많았기 때문이다.

키라시노아의 할아버지인 스테판 리는 지구인이었다. 그는 화성에 건설 중이던 제2지구에 물품을 운반하던 중 태양풍을 만나 항로에서 벗어나 블랙홀에 빠졌다고 한다. 하지만 신비로운 우주의 섭리는 스테판 리가 탄 우주선을 어두운 구멍 안에서 영원히 헤매게 하는 대신 화이트 홀을 통해 다른 태양계로 이동시켰다. 그는 기적적으로 살아남았지만, 그곳에서 해적을 만나 오랜 기간 포로로 살았다고 한다.

포로 생활은 노예나 다름없었다. 온갖 궂은 노동을 하며 버티던 스테판 리는 지구인의 수준 높은 지식을 앞세워 죄수들을 지휘하기 시작했고, 해적들에게 불만이 컸던 죄수들을 선동하여 반란을 일으켰다. 반란은 성공했고, 스테판 리는 스스로 해적선의 리더가 되어 남은 생 동안 전 우주를 떠돌았다.

그렇게 두 번째 인생을 살게된 그는 자신이 지구인이라는 사실을 잊지 않았고, 동시에 화성에 정착한 지구인들을 찾는 것도 포기하지 않았다. 다만 그가 가진 지식과 장비만으로는 지구의 좌표를 알아낼 수 없었기에, 그는 여전히 해적 행위를 이어갈 수밖에 없었다. 그러던 중, 스테판은 어느 작은 행성에서 인질로 잡혀 있던 히코라 여인을 만나 사랑에 빠져 결혼을 하게 되었다.

히코라인들은 과학기술이 발달하지 못한 원시부족이었지만, 히코라 여인들은 특별한 기프트를 지니고 있어 다른 행성들의 타깃이 되곤 했다. 그들이 지닌 기프트는 힐링의 힘. 즉, 치유 능력이었다.

스테판이 만난 그녀는 족장의 딸이었다. 스테판은 그녀를 족장에게 데려다주었고, 족장은 그 대가로 딸과의 혼인을 허락했다. 그렇게 훗날 해적왕으로 불릴, 키라시노아의 아버지가 태어났다. 이후 해적왕은 성인이 되어 어머니의 뜻을 따라 히코라 여인과 결혼했고, 여섯 아이를 낳았다.

유일하게 딸로 태어난 키라시노아 리는 할머니와 어머니처럼 치유의 기프트를 이어받았다.

어린 키라시노아는 할아버지가 들려주는 지구인들의

이야기를 무척 좋아했다. 약탈을 일삼는 해적이었던 아버지와 다른 형제들은 싫어했지만, 가족 중에서 유일하게 그녀가 좋아했던 남자는 할아버지였다. 그리고 할아버지가 돌아가신 날, 그녀는 집을 떠났다.

이후 그녀는 다양한 행성에서 기술을 익혀 자신의 비행선을 개조하고 발전시켜 나갔다. 그녀가 다양한 언어를 익히고 다양한 사람들과 동료가 될 수 있었던 것도 이 덕분이다.

우주를 떠돌아다니던 그녀는 시스 원료의 발견 이후 우주 항해의 범위를 넓히면서 할아버지의 고향인 지구를 발견하게 된다. 하지만 그녀가 지구를 찾았을 땐 이미 최후의 지구인들까지 화성으로 이주를 한 상황이라, 그녀가 발견한 것은 아무도 살지 않는 버려진 행성일 뿐이었다.

하지만 그녀에게 아무런 소득이 없었던 것은 아니다.

지구는 사람이 거주할 수 없는 환경이 되었지만, 지구인들이 화성으로 미처 다 가져가지 못한 물자가 꽤 많이 남아 있었던 것이다. 키라시노아는 그곳을 보물창고라고 부를 정도였다. 그녀는 지구에 남아 있는 술, 책, 그리고 귀중품들을 착실히 챙겨서 다른 행성에 팔았다. 그녀가 희귀한 물건들을 거래한다는 소문이 퍼지자 호기심 많던 귀족과 왕족은 돈을 들고 그녀를 찾았다.

자연스럽게 지구의 문화에도 빠져든 그녀는 원래 '리'였던 자신의 성을 '알렉산드라'로 바꾸었다. 옛 지구의 알렉산더 대왕의 정복기에 심취했기 때문이었다.

그녀는 자신이 발견한 지구의 위치를 다른 사람들에게는 알리지 않았다. 그녀가 부와 명성을 얻게 되자 아버지와 형제들이 그녀를 괴롭히기 시작했다. 해적왕은 지구의 좌표를 알아내기 위해서 피의 빌리아스를 시켜 딸을 추적했다.

그 소식을 들은 키라시노아는 필사적으로 도주했고, 비행선의 연료가 바닥나 과거의 화성, 지금은 제2지구로 불리는 행성에 불시착했다.

*

제2지구에는 최후의 인류가 살고 있었지만, 얼어붙은 토양과 기온 때문에 작물을 재배할 수 없던 환경은 그들의 생존을 위태롭게 했다. 그런 와중에 나타난 외부인은 반가운 손님이 될 수 없었다. 키라시노아의 비행선은 최후의 인류를 대표하는 신정부에 의해 압류당했고, 그녀는 인류를 위협하는 외계 종족으로 취급되어 감금당했다.

당시 신정부를 이끄는 것은 프랑수아 4세였지만 늙고

병약한 그를 대신해 아들인 프랑수아 5세가 뒤를 이을 예정이었다.

하지만 이 시기, 제2지구 신정부의 군부 쪽에선 낡은 세습 체제의 정치를 뒤집을 쿠데타 모의가 이루어지고 있었다. 이 쿠데타를 이끄는 인물은 히타노 존-스미스 대령으로, 그는 지구를 탈출할 때 평민층이었던 그의 가족들이 제외된 것에 불만을 품고 있었다.

당시 화성 이주 권한은 부유층과 권력을 가진 정치인들에게 집중되어 있었다. 그나마 존-스미스 대령이 화성행 우주선을 탈 수 있었던 것은 미래 자원에 포함되는 어린 나이였기 때문이었다. 하지만 이미 성인인 그의 다른 가족들은 모두 지구에 남아 최후를 맞이했다. 그는 그때의 증오를 그대로 간직한 채 군인으로 성장했다.

인구 급증으로 식량 문제가 생기자, 혜택은 부유층과 권력자들에게 집중되었다. 일반 국민은 물론 방위를 담당하는 군인들마저 굶주림에 시달렸고, 히타노 존-스미스 대령은 군인들과 함께 권력층을 무너뜨릴 준비를 하고 있었다.

하지만 정치적 중심에 있는 권력층도 만만치 않았다. 일단 신정부의 후계자인 프랑수아 5세는 계획 단계에서 쿠데타의 조짐을 사전에 파악했고, 히타노 존-스미스를 비롯한 그 지지층들을 예편시키면서 주도자인 존-스미스는 재판에 넘겨 사형을 선고받도록 했다.

그런데 이 상황에 키라시노아의 미확인 비행체가 불시착하면서, 혼란을 틈타 히타노 존-스미스와 그 일당들이 탈출하는 사건이 벌어졌다. 그 사이 그는 윗선들을 제거하고 프랑수아 4세를 납치하기까지 했다.

군 조직의 최고 사령관을 제거하고 황제까지 납치한 존-스미스는, 황제를 협박하여 자신을 최고 계엄 사령관에 임명하게 했다. 권력을 빼앗긴 프랑수아 4세는 존-스미스가 이끄는 혁명군의 감시에 놓이게 되었고, 프랑수아 5세는 혁명군을 피해 은신처에서 숨어 지내야 했다.

제2지구를 장악한 히타노 존-스미스는 추락한 미확인 비행체 조사에 나섰다. 그리고 그곳에서 키라시노아와 접촉하게 되었다.

키라시노아는 그들에게, 자신이 지구인의 혈통이라는 것과 할아버지에 대한 정보를 털어놓았다. 하지만 제2지구에 남아 있던 기록 속 스테판 리는 그녀가 알고 있는 할아버지의 모습과 조금 달랐다. 스테판 리는 지구에서 활동했던 무정부주의 단체인 '그린랜드'의 주요 구성원으로, 화성으로 가는 수송선에 침투해 그 수송선을 추락시키는 임무를 맡았다. 하지만 그 수송선이 경로를 이탈해 그들의 테러 계획은 수포로 돌아갔던 것. 물론 그 이후는 그녀가 알고 있는 대로였다.

"거짓말… 거짓말이야!"

할아버지에 대한 기록을 믿을 수 없었던 그녀는 혼란스러운 표정으로 그렇게 외쳤다. 하지만 존-스미스는 침착하게 근거를 제시했다.

"당신이 할아버지라 부르는 스테판 리가 그린랜드의 핵심 인물과 나눈 기밀 메일에서 나온 정보입니다. 그가 경로를 이탈하여 실종될 때까지 나누었던 기록이죠."

너무나 명백한 기록 앞에서 그녀는 더이상 할아버지의 과거를 부정할 수 없었다. 그나마 다행인 것은 현재 제2지구 정부를 대표하는 히타노 존-스미스가 그것을 문제삼지 않았던 것이다. 그는 그녀의 지난 행적에 대한 질문만 계속 던질 뿐이었다.

"당신이 타고 온 비행선에 지구의 물품들이 가득합니다. 지구에 다녀온 건가요?"

"네, 맞아요."

"지구는 무사한가요?"

"그럴 리가요. 그런 환경에서 살아남을 수 있는 생명체는 없을 겁니다."

그녀와 면담을 진행하던 히타노 존-스미스는 한동안 말

없이 그녀의 눈을 빤히 바라보았다. 그녀에게 무언가 할 말이 있는 것 같았다.

"나한테 원하는 게 뭐죠?"

그의 마음을 읽은 키라시노아가 먼저 그에게 말을 건넸다. 상대방이 원하는 게 있다면 거래를 이끌어 낼 것. 무역 경험을 통해 얻은 요령이었다.

"우린 당신의 기술력이 필요합니다."

"나를 풀어줘요. 그럼 생각해보죠."

히타노 존-스미스는 그녀의 대답을 듣고 가볍게 미소 지었다.

"지금 우리한테 그런 제안을 할 처지라고 생각합니까?"

"난 대가 없이는 아무도 돕지 않아요. 근데 돈은 이미 썩을 만큼 충분하고, 명예도 자자해요. 무엇보다 당신들이 내게 지금 줄 수 있는 건 자유밖에 없어 보이는데요."

그녀의 신랄한 말을 들은 히타노 존-스미스는 잠시 생각에 잠겼다. 그러다가 일어나 창가에 가서 밖을 가리켰다.

"제2지구인 화성이 건설되는 데 시간이 얼마나 걸린 줄 아십니까? 무려 100년입니다. 그만큼 계획도 철저하고 과정도 조심스러웠죠. 그래서인지 처음엔 모든 게 순조로웠습니다. 그런데……."

키라시노아도 창가에 다가가 밖을 바라보았다. 인공 돔

안에 심어놓은 작물과 가축 들의 건강 상태가 좋아 보이지 않았다.

"이젠 그게 불가능해졌습니다. 앞으로 태어날 새로운 아이들을 위해 우린 또 한번의 이주를 준비해야 합니다."

"무슨 일이죠?"

키라시노아가 물었다.

"제1지구에서의 병이 옮겨왔습니다. 남세균이 변이를 일으켰어요."

"남세균? 지구에 산소를 만드는 데 기여한 시아노박테리아 말인가요?"

히타노 존-스미스는 그녀의 지식에 놀란 표정이었다.

"할아버지 방에는 책들이 많았어요. 거기서 남세균에 대한 걸 배웠죠."

"정확한 원인은 아직 모릅니다. 하지만 남세균이 변이를 일으키면서 치명적인 바이러스가 되었습니다. 그게 지구 멸망의 시초였습니다. 지구를 떠난 뒤, 우리는 오염되지 않은 남세균을 화성에 가져와 인공돔을 만들어 산소를 생성하는 실험을 100년 넘게 시행했습니다. 하지만 아직 그 치료법은 개발하지 못했는데……."

"근데 다시 그 바이러스가 전이되고 있는 건가요?"

"네. 그래서 우리는 다시 이주를 생각해야 합니다. 이번엔 아예 이 태양계를 떠나야 할지 모르죠. 그래서……."

"다른 태양계까지 항해가 가능한 내 비행선의 기술이 필요하다?"

"더 정확히는 당신의 비행선이 사용하는 연료라고 해야 할까요?"

이미 제2지구의 과학자들은 키라시노아의 비행선에 대해서 어느 정도의 분석은 마친 상태였다. 그들은 그녀의 비행선 엔진 기술도 놀라웠지만, 그것은 자신들의 과학 기술이 따라갈 수 없는 정도는 아니라고 보았다. 하지만 놀라운 에너지 효율을 보이는 시스 연료에 대해서는 제대로 분석할 수조차 없었다.

"좋습니다. 그 거래, 받아들이도록 하죠. 우리의 지식으로는 당신이 가지고 있는 기술을 완전히 파악할 수 없었습니다. 그러니 협조를 해주면 자유를 드리겠습니다."

키라시노아는 잠시 고민했다. 그녀는 할아버지에게 여러 이야기를 들었고, 그중에는 지구인을 쉽게 믿지 말라는 이야기도 있었다.

하지만 지금은 다른 선택의 여지가 없었다. 오랜 고민 끝에 그녀는 히타노 존-스미스에게 손을 내밀며 말했다.

"알겠습니다. 잘해보죠."

2.
롱 굿바이

　키라시노아가 제2지구에 머무르며 새로운 비행선을 설계한지 3년이 지났다. 그녀의 오랜 노력으로 비행선은 마침내 완성 단계에 이르렀고, 신정부 역시 이주를 위한 새로운 희망에 들뜨고 있었다. 그녀는 단순히 비행선을 개발해줄 뿐 아니라 또다른 태양계에 대한 정보도 공유했고, 심지어는 시스 원료의 여유분까지 나눠주며 이주 계획에 적극적으로 협력하고 있었다.
　신정부 사람들은 그녀가 제2지구를 위해 얼마나 헌신적인지 잘 알고 있었다. 하지만 정치인들의 생각은 좀 달랐다. 그들에게 키라시노아는 여전히 외계에서 온 침략자에 지나지 않았다. 설령 비행선이 완성되더라도 그녀를 탈 없이 보내준다는 것은 그들의 계획에 없었다.

오직 한 사람, 히타노 존-스미스만이 그녀의 편에서 적극적으로 그녀를 보호해주었다. 그는 권력을 장악했으면서도 정치에서 떨어져 이주 계획과 비행선 개발에만 몰두했는데, 그러기 위해 설계자인 키라시노아에게 들어오는 내외부적인 공격을 철저하게 막아 주었다.

아무도 없이 혼자 떨어진 행성에서 외롭게 지내는 키라시노아에게 자신의 편을 들어주는 듬직한 군인. 마치 정해진 것처럼, 두 사람은 사랑에 빠졌다.

"당신이 온지 벌써 3년이나 됐네……."

"그러게."

"지난 3년은 어땠어?"

히타노 존-스미스가 그녀의 맨 어깨를 감싸 안으며 물었다.

"정신이 없었지. 3년이 어떻게 갔는지 모르겠어. 근데 요즘은… 가끔 이런 생각이 들어. 여기서 계속 이렇게 사는 것도 나쁘지 않겠다……."

키라시노아는 존-스미스의 눈을 바라보며 말했다. 그렇게 말하는 그녀의 눈빛엔 마음에서 우러난 바람이 담겨 있었다.

"그런데… 당신이 여기 계속 있으면 분명 누군가 당신을 감옥에 가두려고 할 걸."

하지만 존-스미스는 항상 이런 말로 분위기를 깨버렸다. 키라시노아는 화나는 마음을 꾹 참고 자신의 마음을 에둘러 표현했다.

"그러면… 그냥 나랑 함께 떠나는 건 어때?"

하지만 존-스미스는 그 역시도 똑같은 태도로 그녀를 실망시켰다.

"말했잖아. 나는 여기를 포기하거나 떠날 수 없다고. 몇 번을 더 말해야 할까?"

"당신 말고도 여기를 책임질 사람은 많잖아."

"다들 썩은 정치인들뿐이야. 내가 견제하지 않으면 다시 옛날로 돌아간다고."

그 말을 들은 그녀는 그를 등지고 돌아누웠다. 서운한 마음에 속이 상했지만 존-스미스는 조용히 침묵을 지키고 있었다.

"오늘은 앞으로 외계인의 신변 확보에 대해 이야기해보죠."

신정부의 정책을 결정하는 국무회의에서 키라시노아의 거취에 대해 논의되고 있었다.

"그녀의 이름은 키라시노아 알렉산드라입니다. 외계인이라는 멸칭 대신 이름으로 부를 것을 요청합니다. 제가 이 요청을 벌써 열다섯 번째 반복하고 있다는 점도 기록해 주시죠."

히타노 존-스미스가 손을 들고 발언했다. 그의 비꼬는 말투에 다른 의원들은 불편한 기색을 드러냈다. 하지만 그는 개의치 않고 자신의 발언을 이어 나갔다.

"키라시노아 알렉산드라는 지난 3년 동안 이주 계획에 누구보다 헌신적이었습니다. 그런데도 의원님들께선 그녀가 인류에 해를 끼칠 거라고 생각하십니까?"

"우린 아직 그녀가 어떤 외계 행성에서 왔는지 몰라. 안보와 관련된 중요 사항이라고 생각지 않나?"

신정부의 의회장이 신중한 목소리로 히타노 존-스미스의 발언을 제지했다. 그는 지난 정부의 프랑수아 4세와 매우 가까운 사이였다.

"그녀의 신변에 대해서는 충분히 자세한 보고서를 올렸습니다. 우리가 다른 태양계에 대해 무지하다고 해서 그걸 무조건적인 위협으로 간주하면 안 되죠."

"무지를 위협으로 판단하는 건 우매한 습성이지. 나도 그 정도는 알고 있네. 하지만 그녀의 할아버지가 테러리스트라는 건 우리의 무지와는 상관없네만."

"그녀가 우리의 우주 항해 기술 발전에 공헌한 것은 이를 악물고 보지 않으면서, 오래 전에 죽은 할아버지의 출신은 잘도 끌고 오시네요."

"어쨌든 테러리스트의 후손입니다! 위험한 피가 흐르고 있지 않으리라 어떻게 장담합니까!"

이번엔 자리에 앉아 있던 의원 중 한 명이 끼어들었다.

"태양계 간 항해가 가능한 비행선을 개발하고 있는 시대에 낡은 연좌제라니, 그런 발언은 좀 닥쳐주시면 좋겠는데요."

히타노 존-스미스의 과격한 발언에 의회장도 맞불을 놓았다.

"의원의 발언이 마음에 들지 않는다고 닥치라니! 또 군인들을 의회로 끌고 들어와서 입이라도 틀어막을 셈인가?"

"필요하면 의회를 해산할 수도 있죠."

그의 발언이 끝나자마자 의원들이 술렁대더니 불만을 가진 정치인들이 한 명씩 퇴장하기 시작했다.

"지금 권력을 잡고 있으니 눈에 보이는 게 없나 보군. 이것만 명심하게, 히타노 존-스미스 사령관. 세상에 영원한 권력 같은 건 없어."

의회장이 근엄한 목소리로 존-스미스에게 충고했다.

"글쎄요. 영원한 권력 같은 건 바라지도 않습니다. 민주주의를 빙자한 특권층의 지배 시스템을 견제할 수만 있다면 좋겠네요."

"사람은 부드럽게 달래서 마음을 잡는 거야. 강한 막대기로 찌르면 누구나 도망간다네."

그 말만 남긴 채 의회장도 회의실에서 퇴장했다. 결국 존-스미스는 자신을 지지하는 힘없는 의원 몇 명만 덩그러니 남은 회의실의 연단에 외롭게 서 있을 수밖에 없었다.

애초에 권력을 잡았을 때 기존의 정치권력을 완벽하게 교체하지 못한 게 실책이었을까. 쿠데타 이후 평민 출신 의원들 몇 명을 자리에 앉히긴 했으나, 존-스미스는 기본적으론 기존의 민주 정치처럼 의회가 그대로 작동하기를 바랐다. 하지만 평민 의원들은 행정적 경험이 일천했기에 일을 제대로 처리하지 못했고 부정부패만 만연하게 되는 최악의 결과를 가져왔다.

쿠데타 세력 중에는 의회를 운영할 만한 능력이 있는 사람들이 없었다. 결국 특권층인 기존의 의원들을 다시 자리에 앉히고 나서야 국정 운영은 안정되었다. 하지만 대신 많은 정책들이 기존과 다를 것 없는 기조로 결정되었다.

그리고 무엇보다, 그들은 지금 히타노 존-스미스가 이끄는 정부를 인정하지 않고 있었다. 그들은 모두 프랑수아 5세가 귀환하기만을 기다리고 있었다.

　히타노 존-스미스가 권력을 잡은지 5년 4개월이 흘렀다. 프랑수아 4세가 감옥에서 사망하면서 다시 한번 구체제의 지지자들이 결집을 시작했고, 마침내 우려했던 사건이 벌어졌다.
　"나는 이 나라의 진정한 지도자 프랑수아 5세다. 이 정부의 핵무기 저장 시설은 현재 모두 우리가 접수했다. 불법적인 방법으로 제2지구를 장악한 반역자들에게 알린다. 지금 당장 항복하면 선처하겠다."
　프랑수아 5세가 마침내 활동을 재개하며 핵무기 시설을 먼저 장악한 것이다. 그는 히타노 존-스미스를 '반역자'라 칭하며 자신의 정통성을 주장했다.
　프랑수아 5세의 영상은 정부의 모든 네트워크를 통해 널리 퍼져 나갔다. 그러면서 물밑으로는 정부 내외의 인물들과 접촉하기 시작했다. 군부에는 핵무기 시설을 장악했다는 사실을 앞세워 지휘관들을 포섭했고, 그의 귀환 소식을 기다리던 지지층들에게 자신이 건재하다는 사실을 알리며 지원을 부탁했다.
　그렇게 신정부 내의 포섭을 마친 프랑수아 5세는 마침내 세력을 규합해 권력 탈환을 위한 역 쿠데타를 시작했다. 외계의 침략으로부터 지구를 지켜야 할 군인들이 무장한 채 수도와 의회로 진격했고, 프랑수아 5세에게 협력하는 정치인과 정부 요인들이 국가 시설의 문을 활짝 열고 그들을 맞이했다.

"저는 제2지구의 정통성을 가진 지도자 프랑수아 5세입니다. 이 시간부로 정당한 권력의 회복을 위해 아래와 같이 계엄 포고령을 발표합니다."

프랑수아 5세의 얼굴이 신정부 내의 모든 방송과 네트워크를 통해 흘러나오고 있었다.

"하나. 의회와 정당의 활동과 정치적 결사, 집회, 시위 등 일체의 정치 활동을 금한다. 하나, 지구부터 이어진 정부의 체제를 부정하거나 전복을 기도하는 일체의 행위를 금하고 가짜 뉴스, 여론 조작, 허위 선동을 금한다. 하나, 네트워크와 통신은 계엄군의 통제를 받는다."

제2지구의 수도 시내에서 군인들이 레이저 건을 발포하며 시민들을 위협하고 있었다. 그리고 그 총구는 현재 정부의 주요 요인, 그중에서도 히타노 존-스미스를 향해 다가오고 있었다.

"당신은 비행선으로 빨리 피신해."

히타노 존-스미스가 무기를 챙기더니 키라시노아에게

말했다.

"당신은? 여기 있으면 죽어! 나랑 같이 가!"

키라시노아가 애원했지만 그는 슬픈 표정으로 고개를 저었다.

"나는 갈 수 없어. 여기서 내 동료들과 함께 싸워야 해."

"그럼 나도 안 갈래!"

"안 돼!"

히타노 존-스미스는 단호했다.

"나는 붙잡혀도 쉽게 죽음을 당하진 않을 거야. 하지만 당신은 가만히 두지 않을 거야. 당신은 눈에 띄자마자 사살될 거라고."

그의 말에 키라시노아는 반박할 수 없었다. 그리고 그녀에겐… 아직 말하지 못했지만 살아야만 하는 이유가 있었다.

"우리 준비한 것, 기억하지? 그대로만 하면 돼."

존-스미스는 준비성이 철저한 사람이었다. 그녀를 만난 이후 한 번도 방심하지 않고 지구의 신정부가 그녀를 해치려 할 때 언제라도 탈출할 수 있도록 준비하고 있었던 것이다. 탈출 비행선도 언제든 출발 가능한 상태였다.

"쓰는 방법은 알고 있지?"

히타노 존-스미스가 키라시노아에게 권총을 건네주며

말했다. 그녀는 말없이 고개를 끄덕이며 총을 받았다.

"잘할 수 있을 거야. 우리 꼭 살아서 다시 만나자."

둘은 긴 작별의 키스를 나눴다. 그리고 그는 뒤도 돌아보지 않고 밖으로 나가버렸다.

두 눈에 눈물이 글썽이며 그녀는 그렇게 말했다. 그리고 천천히 자신의 배를 어루만졌다.

"우리 아이를 지켜야 하는 것만 아니라면… 그냥 당신 옆에서 죽고 싶어……."

하지만 세상은 그녀가 그렇게 슬픔에 빠져 있도록 두지 않았다. 그녀의 귀에도 똑똑히 들릴 만큼 총성이 가까워진 것이다. 키라시노아 알렉산드라는 정신을 차렸.

재빨리 비상 가방과 장비를 챙긴 후 비상 활주로로 달려갔다. 거리 곳곳에서는 폭발이 일어났고 건물들은 불에 타고 있었다.

"외계인이 도주 중입니다!"

계엄군이 소리치며 그녀를 향해 사격을 시작했다. 처음 몇 발은 빗나갔지만 사격은 계속되었고, 그중 한 발이 그녀의 다리를 관통했다.

"아악!"

몸이 찢어지는 고통이 그녀를 감쌌다. 다행히 비상 가

방에는 미리 제조해둔 약이 있었고, 그것을 마시자 피부는 거짓말처럼 깨끗이 재생되었다.

회복된 그녀는 다시 온힘을 다해 뛰었다. 어느새 몰려든 군인들이 그녀를 향해 집중 사격을 했다. 그녀는 존-스미스에게 받은 권총으로 적당히 응사하며 비상 활주로를 달렸고, 비상 활주로 구석에 숨겨둔 비행선에 탑승할 수 있었다.

"게이트 폐쇄! 게이트 폐쇄!"

비행선이 움직이자 달려온 군인 장교 한 명이 게이트를 막으려고 했다.

"안 돼!"

키라시노아는 포기하지 않고 추진력을 최대로 올렸다. 하지만 게이트가 닫히는 속도가 더 빨랐다. 열려 있는 부분이 너무 좁아서 비행선의 측면이 게이트와 충돌할 것이 분명했다.

그녀는 있는 힘껏 조종간을 돌렸다. 수평으로 비행하던 비행선이 움직이며 세로 형태로 자세를 바꾸었다. 그 상태로 키라시노아는 출력을 올렸고, 마침내 간발의 차이로 게이트를 통과할 수 있었다.

히타노 존-스미스는 게이트를 빠져나온 키라시노아 알

렉산드라의 비행선이 하늘 높이 날아오르는 것을 바라보고 있었다.
"역시 성공할 줄 알았어······."
다른 동료들과 함께 계엄군에 맞서 접전을 벌이는 중이었지만, 그는 그녀의 비행을 충분히 눈에 담아두고 싶었다. 어차피 다시는 만날 수 없다는 걸 알고 있기에, 마지막 모습만이라도 오랫동안 보고 싶었다. 우주로 날아가는 키라시노아는 지상의 상황은 알 수 없었지만, 왠지 끝없이 눈물이 흘러나왔다.

쿠데타 세력들을 모두 처단한 프랑수아 5세는 자신을 신정부의 새로운 통치자로 임명하고 곧바로 이주 계획을 실행했다. 제2지구 새로운 곳에서 시작하고 싶은 마음이 컸다.
키라시노아의 협력 덕분에 인류는 프랑수아 5세의 집권 3년차에 마침내 시스 원료를 활용하여 광속 비행이 가능한 비행선을 개발하고 실험까지 완료할 수 있었다. 그들은 한동안 우주를 떠돌다가 미지의 자원으로 가득한 제3지구를 발견하여 그곳에 자리 잡게 되었다.
한편, 제2지구를 떠난 키라시노아는 코쿤챠카 왕국으로 피신했다. 당시 코쿤챠카 왕국은 페르다 왕국의 침략으로 인해 전시 상황에 처해 있었다.

키라시노아는 그곳에서 코쿤챠카 부족의 도움을 받아 히타노 존-스미스의 아이를 낳았다. 그리고 아버지를 꼭 빼닮은 아이에게 그대로 아버지의 이름을 붙여주었다. 아이는 코쿤챠카의 전투 기술을 배우며 성인이 되었다.

아이가 자라는 동안 코쿤챠카 왕국은 결국 페르다 왕국으로 귀속되었다.

페르다 왕국의 일원이 되자, 키라시노아는 역시 페르다 왕국에게 점령당한 데오르피오의 검은 강철을 수입하여 키라-IV 전함을 만들기 시작했다. 그것은 최첨단 전투 능력을 지닌 전함으로, 그의 아들 히타노와 함께 설계했다. 그리고 전함이 완성되자 그녀는 아들과 함께 코쿤챠카 왕국을 떠나 여행자의 삶을 살기 시작했다.

오랜 시간 우주를 떠돌아다니던 두 사람은 딱 한 번, 다시 화성에 들린 적이 있었다. 물론 최후의 인류가 떠난 화성에는 사막 뿐, 한때 문명이 존재했다는 사실조차 거의 남아 있지 않았다.

"이곳이… 바로 화성인가요?"

"그래, 맞아. '제2지구'라고도 불러. 너희 아버지는 한때… 이곳의 지도자였단다."

"그랬나요?"

"그래……."

키라시노아가 서 있는 곳은 한때 그녀가 탈출한 비상활주로가 있던 곳이었다. 하지만 이미 오랜 기간 동안 풍화가 진행되어 그곳에는 어떠한 흔적도 남아 있지 않았다.

"한때 여기에 사람이 살았다고는 믿을 수 없네요. 모두 어디로 갔을까요? … 아버지는 살아 계실까요?"

"글쎄… 저 먼 우주 어딘가에 있지 않을까?"

그렇게 대답하며 그녀는 하늘을 바라보았지만, 그녀가 바라보는 시선에는 별빛 한 점도 들어오지 않는 새까만 어둠만이 펼쳐져 있었다.

3.
동행

 해적의 공격에서 살아남은 두 대의 페르다 왕국 전함은 계속해서 항해를 이어갔다. 키라노시아도 떠나지 않고 그들과 함께 항해를 계속하는 중이었다.
 그러던 어느 날 레이더에 또다른 비행선이 포착되었다.
 "미등록 비행선이 접근 중입니다."
 이미 해적에게 습격을 당했기에 사람들은 예민해질 수밖에 없었다. 함장 역할을 하는 알렉산드라-아리아가 직접 나서서 상대방과의 교신을 시도했다.
 "접근 중인 비행선은 소속과 정체를 밝혀라."
 하지만 통신기를 통해 들려온 목소리는 키라시노아에게는 매우 익숙한 목소리였다.
 "여행자 히타노 알렉산드라다. 착륙 허가를 요청한다."

"오랜만이구나, 아들."

키라시노아의 요청으로 히타노는 무사히 전함 안에 착륙할 수 있었다. 오랜만에 아들을 만난 키라시노아는 반가운 표정으로 아들을 맞았다. 하지만 히타노는 그보다도 더 중요한 소식을 키라시노아에게 가져다 주었다.

"어머니! 좋은 소식이 있어요. 마침내 그들을 찾았어요! 지구인들이요."

"뭐라고?"

전혀 예상하지 못했던 히타노의 말에 키라시노아도 깜짝 놀랄 수밖에 없었다.

"화성을 떠났던 지구인들이 아직 살아 있단 말이냐?"

"네. 그런데 문명의 발달이 놀라울 정도였어요. 코쿤챠카 왕국과는 완전히 달라요!"

히타노는 할 말이 많아 보였다. 하지만 히타노의 우주선에 함께 타고 있던 또 한 명의 등장 때문에 그는 잠시 말을 멈춰야 했다.

"오랜만이야, 키라시노아."

"얼굴이 많이 야위셨네요. 폐하."

"폐하는 무슨… 이제는 왕도 아닌데, 그냥 이름으로 불러라."

그러자 키라시노아는 빙긋 웃으며 그의 말을 받아쳤다.
"이름이 더 길고 어려운 걸요. 노라스단테 5세 님."

나이 차이가 꽤 났지만 남편을 잃은 이후 기댈 사람이 없던 키라시노아는 노라스단테 5세에게 많은 부분을 의지하게 되었다. 그녀가 노라스단테 5세와 처음 연을 맺게 된 것은 여행자로 살며 지구인들의 물품을 팔던 시절이었다. 노라스단테 5세는 지구인들의 술을 유독 좋아했고, 때문에 그녀와 거래가 잦을 수밖에 없었다.

그러나 단순히 물품 때문에 키라시노아를 자주 부른 것은 아니었다. 키라시노아도 자신을 향한 그의 마음을 어느 정도는 짐작하고 있었다.

하지만 때로 어떤 인연은 불가피한 우연 때문에 이루어지지 못하기도 한다. 키라시노아도 노라스단테에게 조금씩 감정이 싹트고 있을 즈음, 해적에게 쫓겨 화성에 불시착한 그녀가 지구인들에게 감금되어 그곳에서 5년 4개월 동안 지내게 되었던 것이다. 노라스단테 5세는 하루 아침에 연락이 끊긴 그녀가 죽었다고 생각하고 조금씩 잊어갔다.

비행선을 몰고 갈 곳이 없었던 키라시노아가 갑자기 노라스단테 5세 앞에 나타났을 때 그는 여러 모로 충격을 받았다. 죽은 줄 알았던 그녀가 살아 있었다는 사실에 놀랐고, 그동안 그녀가 다른 사람의 아이를 가졌다는 사실에 가슴이 찢어지는 것 같았다. 하지만 결국 그는 모든 것을 받아들이고, 그녀를 코쿤챠카 왕국에 은신시켰다.

아버지가 없던 히타노에게 노라스단테 5세는 아버지 역할도 해주었다. 그는 히타노를 강하게 키우기 위해 히타노를 야만족과의 전쟁에 강권하기도 했다. 하지만 키라시노아는 그러고 싶지 않았고, 그와 의견이 잘 맞지 않자 히타노를 데리고 코쿤챠카 왕국을 떠나게 되었다.

하지만 히타노는 노라스단테 5세가 그리웠다. 그래서 어머니와 함께 화성을 방문한 후 다시 코쿤챠카 왕국으로 돌아갔다. 어머니는 반대했지만 전투 기술을 더 배우고 싶은 마음도 있었다. 그는 아버지가 살아 있다고 믿었고, 그래서 지구인들의 행적을 뒤쫓고 있었다. 지구인들은 위험하다는 어머니의 경고를 오랫동안 들어왔기에 전투 기술을 배워두는 게 필요하다는 생각이었다.

*

히타노 덕분에 해후하게 된 노라스단테 5세와 키라시노아 알렉산드라 사이에 미묘한 공기가 흘렀다. 잠시 어색하게 키라시노아를 바라보던 노라스단테는 결국 우주선에 가서 짐을 옮기겠다는 핑계와 함께 자리를 떠났다.

그러자 한참 전부터 세 사람의 만남을 지켜보고 있던 알렉산드라-아리아가 호기심이 가득한 눈으로 다가왔다.

"키라시노아 님의 아드님? 저는 이 전함의 책임자, 알렉산드라-아리아입니다."

"네, 히타노입니다."

"엿들은 건 아닌데, 우연히 들었어요. 지구인을 만나셨다고요?"

"네, 맞습니다."

"지구인들, 저도 만나보고 싶네요."

알렉산드라-아리아가 지구인에 대한 흥미를 드러내자, 옆에서 키라시노아가 재빨리 말했다.

"하지만 지구인들을 쉽게 믿지는 마요."

"네, 그 사람들에게 잡혀서 힘든 일을 당하셨다죠? 아버지께 들었어요."

그때 갑자기 망토를 뒤집어쓴 다른 한 인물이 그들의 대화에 끼어들었다.

"실례가 되지 않는다면, 그 지구인들이 정착했다는 곳에 대해 이야기해주실 수 있나요?"

모두의 시선이 갑자기 끼어든 낯선 인물에게 향했다. 전함의 책임자인 알렉산드라-아리아가 말을 걸었다.

"누구신가요? 처음 뵙는 것 같은데……."

"아, 제 소개가 늦었군요. 저는 섀도우 가문의 후계자인 바란 섀도우라고 합니다."

"섀도우 가문의 후계자라고요?"

알렉산드라-아리아는 깜짝 놀랐다. 데라크스가 섀도우 가문의 후계자들을 모두 몰살했다고 했기 때문이다.

"그럴 리가… 섀도우 가문의 후계자들은 데라크스 후작에 의해 모두 제거된 것으로 알고 있는데……."

"그럴 뻔했죠."

바란 섀도우가 씁쓸한 미소를 지으며 답했다.

"다행히 저희 가족은 그런 날을 대비해 먼 행성으로 이주한 뒤 숨어 살았습니다."

"그러시군요. 고생이 많으셨겠습니다."

알렉산드라-아리아는 그에게 위로의 말을 건넸다.

"그런데 지구에 대해서는 왜 관심을……."

하지만 알렉산드라-아리아의 말이 채 끝나기도 전에 히타노가 끼어들었다.

"혹시 지구인들이 있는 곳의 미래를 본 겁니까?"

히타노가 갑자기 사람들의 대화를 끊은 것에 대해 키라시노아가 눈치를 줬다. 하지만 바란 섀도우는 개의치 않는 표정으로 그의 질문에 대답했다.

"네, 맞습니다. 미래를 보았습니다."
"그 미래에 저는 아버지를 만나나요?"
히타노의 질문에 알렉산드라-아리아도 한마디를 더했다.
"바란 섀도우 님께서 보신 그 미래에… 저희도 있던가요? 살아 있나요?"
그녀의 질문은 매우 많은 가정을 담고 있었다. 히타노의 이야기를 듣고 짧은 시간 내에 아주 많은 생각을 한 것 같았다.
"우리 함장님께선 아주 생각이 많으시군요. 네, 생각하신 것과 비슷합니다."
"그 말씀은…….'"
"네, 여러분은 모두 지구에 정착하게 될 겁니다."
바란 섀도우의 말에 모두 망치로 얻어맞은 듯 깜짝 놀란 표정을 지었다.

키라시노아는 정박장에서 아들과 작별인사를 나누고 있었다.
"정말 떠나시는 거예요?"
아쉬움이 가득한 얼굴로 히타노가 어머니에게 물었다.
"아버지를 다시 만날 수 있을지도 모르잖아요!"
"나는 지구인들을 다시 만나고 싶은 마음이 없단다."

히타노는 말없이 어머니의 얼굴을 바라보았다. 마치 남편이 살아 있음을 믿지 않는 표정 같았다. 그럼에도 키라시노아는 아들의 희망을 꺾고 싶지는 않았다.

"그리고 나는 따로 가야 할 곳이 있단다."

"어디요?"

"아직 내가 가보지 못한 곳. 우주의 끝."

"우주의 끝이라고요?"

"어떤 여행자에게 들은 적이 있어. 이 우주에는 끝이 있고, 그곳에 도달한 자는 늙지도 죽지도 않는 불로불사의 능력을 얻을 수 있다고."

"그런 말을 믿는다고요?"

"글쎄… 우주를 돌아다니다 보면 말도 안 되는 것들을 너무 많이 보거든. 이를테면……."

키라시노아는 모든 풍경을 두 눈에 담으려는 듯 주변을 둘러보았다.

"어떤 예언자의 말을 듣고 개척지를 찾아 몇 광년을 헤매는 사람들이나, 다른 예언자의 말을 철썩같이 믿고 항로를 바꾸는 사람들 같은. 그런 사람들에 비하면 내가 가는 길은 낭만적이지 않니?"

어머니의 말에 히타노는 더이상 반박할 수 없었다.

"넌 저들과 함께 가서 미래를 만들어. 나는 이제 우주의 끝에서 삶을 돌아보려고 한단다."

그녀는 아들을 꼭 안아주었다. 이것이 마지막 인사라는 걸 두 사람 모두 알고 있었다. 그리고 멀리서 그 모습을 지켜보고 있는 또 한 사람이 있었다. 바로 노라스단테 5세였다.

작별인사를 나눌 용기가 나지 않았던 그는 키라시노아가 전함에 탑승하고 우주의 작은 점이 되어가는 동안에도 꼼짝하지 않고 멀어져가는 그 모습을 바라보고만 있었다.

'그래도 나는 지금 이 순간을 마지막이라 생각하지 않겠소……'

노라스단테 5세는 속으로 그런 말을 중얼거렸다.

한편 키라시노아가 떠난 이후, 알렉산드라-아리아는 남은 전함 두 대의 항로를 변경했다.

"정말 그곳으로 가도 괜찮으시겠어요?"

히타노가 알렉산드라-아리아에게 물었다.

"어차피 왕국에서 지정한 목적지로 갈 생각 따윈 없었어요. 항로 중간에 해적을 준비해놓았는데 그곳엔 어쩌면 우리를 숙청할 군대가 기다리고 있을 수도 있죠."

그녀의 결심은 분명했다.

"지구인들이 살고 있는 그 행성의 위치를 알고 있죠?"

"네."

알렉산드라-아리아의 말에 히타노는 고개를 끄덕였다.

"그들은 그곳을 제3지구라고 부르고 있었어요."

"제3지구라······."

히타노의 말을 들은 그녀는 그 이름을 몇 번이고 되뇌다가 항해사에게 명령을 내렸다.

"들었죠? 우리는 이제 제3지구로 갈 거예요."

4.
항로 변경

"아침부터 어디를 다녀오는 거예요?"

침대에 누워 있던 아리아 3세가 잠에서 덜 깬 목소리로 케이를 맞이하며 물었다.

"아란테 가디언을 만나고 왔어. 알렉산드라-아리아 함장이 항로를 바꿨다는군."

"항로를 바꿔요? 어디로 가는데요?"

"제3지구라는 곳이야."

"이상한 이름이군요."

"지구인이 사는 곳이래."

지구인이라는 말이 나오자 아리아 3세는 관심을 보이기 시작했다.

"지구인들이 아직 살아 있어요? 다 멸망한 줄 알았는데."

"응? 지구인들에 대해 알아?"

"어머니가 여행자의 물품을 종종 구매했었는데 지구인들의 물건이 좀 있었어요. 그때 분명히 멸망한 지구에서 남은 물건을 가져왔다고 했는데, 속은 건가?"

케이는 아리아에게 자신이 아는 정보를 다 전해주었다.

"속은 건 아닐 거야. 대충 들었는데 아마 우리를 도와준 여행자가 당신이 말하는 그 여행자와 동일인 같은데?"

"그럴 수도. 전 만나본 적 없는 사람이지만, 저희 어머니가 알아보는 것 같더라고요."

"그 여행자도 지구인들이 다른 곳에 자리 잡고 생존해 있다는 걸 처음 안 것 같더라고. 그런데… 그 여행자, 해적왕의 딸이라는 얘기가 있어."

그 말을 듣는 순간 아리아 3세가 멈칫했다. 자신의 할아버지를 죽인 해적왕의 딸이 바로 손닿는 곳에 있었다니.

"복수를… 하고 싶은 건가?"

아리아 3세는 대답하지 않고 창밖의 우주를 바라보았다. 그곳에는 끝을 알 수 없는 검은 어둠이 그녀를 바라보고 있었다. 얼마나 그렇게 있었을까. 그녀는 입술을 깨물고 조용히 말했다.

"할아버지를 죽인 자는 따로 있는데, 그 딸에게 복수하는 건 웃긴 일이죠. 또 그 일을 시킨 자는 따로 있는데 해적왕에게 화를 내는 것도 맞지 않는 것 같네요."

같은 시간. 전함의 깊숙한 곳, 사람들이 잘 알지 못하는 창고 한편에선 헤르켄이 미스터 창과 바할의 안내를 받아 디아고 의원을 만나고 있었다.

"헤르켄입니다."

"디아고입니다."

두 사람은 눈빛으로 서로를 경계하며 인사를 나눴다.

"데오르피오 출신이라고요?"

"네, 맞습니다. 갑자기 고향은 무슨 일로?"

"제가 데오르피오의 특산품인 검은 강철에 관심이 많아서요."

"검은 강철에 관심이 많은 사람들은 꽤 많죠."

디아고는 의미심장한 표정을 지으며 말했다.

"테라튬을 주입받은 걸로 알고 있는데… 그런 생각 해본 적 있습니까? 검은 강철로 무장한 군사력과 테라튬 전사들의 전투력을 합치면, 두려울 게 없을 거라는……."

그들의 대화를 듣고 있던 미스터 창이 끼어들었다.

"하지만 아시다시피 특별보호법 때문에 페르다 왕국의 허가 없이는 사용이 불가합니다."

"우리를 추방한 왕국의 법 따위 뭐가 중요합니까? 어차피 죽기 아니면 살기인데……."

그렇게 말하더니 디아고는 홀로그램 지도를 펼쳐 보였다.

"재밌는 걸 보여드리죠."

그는 홀로그램 지도에 예정된 항로를 그려 보였다.

"우리의 목적지 주변에 뭐가 보입니까?"

"데오르피오……."

헤르켄이 지도 위에 있는 자신의 고향을 알아보았다.

"네, 맞습니다. 마침 우리가 가는 곳이 데오르피오와 멀지 않은 곳에 있더군요."

"설마… 제 고향에서 검은 강철을 훔치기라도 할 생각입니까?"

디아고 의원의 말을 들은 헤르켄이 물었다.

"설마요. 데오르피오의 경비가 얼마나 삼엄한지는 잘 알고 있습니다."

"그렇죠. 그건 불가능한……."

"하지만 화물선이라면 얘기가 다르죠."

헤르켄이 무슨 소린지 모르겠다는 반응을 보이자, 디아고가 더 자세히 설명해주었다.

"지금부터 72시간 후, 데오르피오에서 페르다 왕국의 화물선 한 대가 출발할 겁니다. 10만 톤 정도 되는 검은 강철을 싣고 말이죠."

전함 한 척을 무장하는데 필요한 검은 강철은 100킬로그램 남짓. 그런 검은 강철이 10만 톤이라면, 그 군사적 가치는 실로 상상을 초월했다.

"우리에게 남은 건 전함 두 척 뿐입니다."

이제 모든 사람들이 자신에게 집중하는 것을 확인한 디아고가 이야기를 이어갔다.

"여기 있는 사람들이 힘을 합치지 않으면 우리를 기다리고 있는 것은 데라크스 후작의 칼날밖에 없을 겁니다."

"하지만 우리만 논의하기엔 너무 큰 계획인데……."

미스터 창은 당황한 표정으로 말했다.

"당연하죠. 판을 더 키워야 합니다. 그래서 협력자를 더 모으는 중입니다."

디아고는 그조차도 예상했다는 듯, 자신 있게 말했다.

"다음 회의는 그분들까지 모시고 하시죠."

*

"이쪽은 이 전함의 함장 알렉산드라-아리아 님과 아버지이신 한스-아리아 님입니다."

며칠 후, 창고에서 만남을 가진 디아고 의원과 헤르켄, 바할과 미스터 창 일당은 알렉산드라-아리아, 그리고 한스-아리아와 만났다. 이번엔 으슥한 창고 한편이 아니라 전함의 응접실 내였다.

"이쪽은 데오르피오 출신의 군인들입니다."

디아고는 헤르켄 일당과 알렉산드라-아리아 부녀를 서로에게 인사시키고 있었다.

"네, 독파이트 대회에 참석하셨죠? 기억하고 있습니다."

알렉산드라-아리아가 데오르피오 출신의 테라륨 전사들을 알아보았다.

디아고는 조심스럽게 회의의 안건을 꺼냈다.

"네, 제가 제안한 사항들을 검토해보셨을까요?"

한스-아리아는 말없이 고개를 끄덕였다. 그리고 둘은 한동안 아무 말 없이 서로를 바라보고만 있었다.

서로 팽팽한 기 싸움을 하는 모습을 보면서 헤르켄 일당은 답답함을 느꼈다. 사실 처음 만났을 때부터 디아고 의원과 한스-아리아의 관계는 그리 좋아 보이지 않았다. 서로 예의 바르게 대하는 것처럼 보였지만 그들 사이에는 팽팽한 긴장감이 느껴졌던 것이다.

"그런데 이쪽… 데오르피오 출신 군인들이라고 했나요?"

한참 침묵을 지키던 한스-아리아가 문득 헤르켄을 바라보며 화제를 돌렸다. 디아고는 한스-아리아가 무슨 묘수를 부리려 하는지 신경이 쓰여서 눈빛이 날카로워졌다.

"소속이 어떻게 됩니까?"

"147사단입니다."

바할이 대답했다.

"147사단이라면 케이 루나벤켄도르가 이끄는……?"

"네, 맞습니다."

그 얘기를 들은 한스-아리아의 표정이 급격하게 어두워졌다.

"케이가 상관이라면 많이 성가실 것 같은데……."

"그런 걱정은 안 하셔도 됩니다."

헤르켄이 끼어들어 한스-아리아를 안심시키려 했지만 이미 그의 얼굴에는 불편한 기색이 확연히 드러나 있었다.

"의원님의 생각은 어떠신지요?"

하지만 디아고도 딱히 다른 의견을 내놓진 못했다.

"케이 루나벤켄도르라… 저도 그 부분에 대해선 깊이 생각해보지 못했었네요."

헤르켄은 믿었던 디아고도 비슷한 표정으로 변하는 것을 보고 당황할 수밖에 없었다. 자신은 권력을 얻기 위해 이 사람들과 손을 잡으려고 했는데, 이들은 지금 이 자리에서 대놓고 자신을 무시하고 있는 것이다. 그들이 신경 쓰는 것은 오직 케이뿐이었다.

"데라크스 후작으로부터 살아남은 군인이니 아무래도

보통 존재는 아닐 겁니다. 하지만 그가 우리 계획에 협조해줄까요? 저는 회의적인데요."

디아고 의원 역시 어두운 얼굴로 그렇게 말했다. 이미 그들은 머릿속에서 헤르켄과 데오르피오 군인들의 존재를 지워버린 것 같았다.

결국 회의는 별다른 성과 없이 끝이 났다. 딸과 함께 숙소로 돌아온 한스-아리아는 고민에 빠졌다. 디아고의 계획에 참여하는 것은 상관없다. 어차피 여기까지 온 이상 예전처럼 데라크스의 편으로 돌아가긴 힘들 것이다.

하지만 디아고를 완전히 믿을 수도 없는 노릇이었다. 한스-아리아는 회의 때 만난 데오르피오 군인들도 모두 디아고 의원의 사람들이니, 권력의 균형을 맞추기 위해 자신도 누군가를 끌어들일 필요가 있었다.

"아란테 가디언과 함께하는 건 어떠니?"

한스-아리아가 딸에게 제안했다.

"능력은 있지만 예측이 불가능해요. 너무 독단적인 성격이라 자기 편도 없고, 이렇게 서로 협력하면서 견제해야 하는 복잡한 일엔 어울리지 않을 것 같아요."

"그렇다면 무슨 다른 대안이 있느냐?"

그러자 알렉산드라-아리아는 기다렸다는 듯 말했다.

"제가 한 번 케이를 만나보면 어떨까요?"

"뭐? 말도 안 되는 소리!"

"데라크스 후작에게 원한이 가장 큰 사람을 꼽으라면 케이 루나벤켄도르일 거예요. 그건 아버지도 아실 텐데요."

"천민 출신의 애미를 둔 사생아야. 그런 것들은 분명히 나중에 배신하게 되어 있어."

근거 없는 편견이었지만, 한스-아리아는 마치 고대 현자의 가르침을 이야기하듯 자신만만한 목소리로 말했다.

"출신을 따지자면 저도 만만치 않을 텐데요."

"다르다. 너는 아리아 가문이 인정한 내 딸이니까. 정치는 우리 같은 가문이 해야 하는 거다. 천민이 권력을 손에 쥐게 해선 안 돼."

한스-아리아는 절대 있을 수 없는 일이라는 듯, 고개를 절레절레 저었다.

5.
야합

하지만 알렉산드라-아리아는 이번만큼은 아버지의 말을 따르지 않기로 결심했다. 그녀가 생각하기에 케이를 잘 이용한다면 꽤 괜찮은 이익을 얻을 수 있을 것 같았기 때문이다. 그녀는 케이를 만나기 위해 그의 숙소를 찾아갔다.

"대령님을 만나러 오신 건가요?"

케이의 숙소에서 그녀를 맞이한 사람은 아리아 3세였다. 의외의 장소에서 의외의 인물을 만나자 알렉산드라-아리아는 잠시 얼어붙었다.

"그… 그래."

길게만 느껴졌던 몇 초간의 정적이 끝나고, 아리아 3세는 그녀를 케이의 숙소로 들였다.

"대령님은 씻고 계십니다. 잠시만 기다리세요."

아리아 3세는 그 말을 남기고 아무래도 알렉산드라와 단 둘이 있는 것이 불편한 지 밖으로 나갔다.

케이를 기다리는 동안, 알렉산드라는 조심스럽게 그의 침실을 훑어보았다. 언뜻 보아도 아리아 3세와의 관계의 흔적들이 여기저기 널려 있었다. 그때, 샤워를 마친 케이가 나타났다.

"함장님께서 여기까지 무슨 일이십니까?"

케이는 벗어두었던 옷을 주섬주섬 입으며 물었다.

"그냥 의논할 일이 좀 있어서요. 근데 그 전에 물어보고 싶은 게 있어요. 케이 대령은 나를 어떻게 생각하죠?"

케이는 이해할 수 없다는 표정으로 알렉산드라를 바라보았다. 그녀가 왜 그런 질문을 하는지 전혀 모르는 얼굴이었다.

"질문을 바꿔볼까요? 데라크스 후작과 내가 어떤 관계인지 알고 있나요?"

케이는 고개를 저었다.

"항상 붙어 다니는 걸 보긴 했는데… 두 분의 관계에 대해 크게 관심은 없습니다."

"굳이 설명하자면 당신과 아리아 3세 같은 관계였어요."

알렉산드라가 어지럽혀진 침실 쪽을 힐끔 보며 말했다.

"하지만 마음이 가는 관계는 아니었죠. 그냥 아버지의

사업을 돕기 위한 일이었어요. 그러다가 내가 그를 암살하려고 했고, 실패해서 지금 같은 신세가 된 거죠."

"네… 그런 얘기를 여기까지 와서 하는 이유가 뭔지… 그거나 좀 알았으면 좋겠는데요."

알렉산드라는 시큰둥한 케이의 태도를 보고도 실망하거나 화를 내지 않았다. 그녀는 자신이 케이를 설득할 수 있다는 것을 한 번도 의심하지 않았기 때문이다.

"단도직입적으로 말하죠. 당신의 도움이 필요합니다."

"당신은 제 상관이니까 도움이 필요하면 명령을 내리면 되지 않습니까?"

"당신이 나를 상관으로 보고 있긴 해요?"

그 말에 케이는 대답하지 않았다.

"이 전함에 있는 사람들은 다들 알고 있죠. 우린 어차피 페르다 왕국과 데라크스에게서 버림받은 사람들이라는 것. 그리고 해적의 습격은 한 가지를 더 알려주었죠. 굳이 페르다 왕국에서 정해준 상하관계에 집착할 필요는 없다는 것."

알렉산드라는 케이의 두 눈을 빤히 바라보았다. 둘 사이에 팽팽한 긴장감이 흘렀다.

"상관없어요. 나를 섬기든, 섬기지 않든. 과거의 일이나 왕국의 질서는 집어치우고 미래를 위해 손을 잡을 사람이 필요하니까요."

"그래서 나한테 뭘 하자는 거죠?"

"우리는 새로운 왕국을 만들 겁니다. 협력해주세요."

"방금 말한 '우리'란 귀족 가문을 말하는 거겠죠?"

"당신은 아닌 것처럼 얘기하네요, 케이 루나벤켄도르."

"나를 귀족으로 생각하는 사람들이 있긴 합니까?"

"우리와 함께하면 귀족 대우를 받게 될 거예요. 나를 믿어요."

속삭임보다 더 자극적인 것은 케이의 귓볼을 어지럽히는 알렉산드라-아리아의 뜨거운 숨결이었다. 그 숨결이 귓가에 닿는 순간 케이의 몸속에서 피가 빠르게 도는 것을 느꼈다.

"데라크스 후작에게 복수하고 싶죠? 제가 도와줄 수 있어요."

그렇게 말하며 알렉산드라-아리아는 케이의 어깨에 손을 얹었다. 조금씩 내려가던 그녀의 손이 케이의 허리 근처에 멈췄다.

"복수라고……?"

케이의 귓가엔 아직 알렉산드라-아리아가 불어넣어준 숨결이 맴돌고 있었다. 데라크스에게 복수라니, 지금 알렉산드리아-아리아가 내뿜는 숨결만큼이나 달콤한 유혹이었다.

 알렉산드라-아리아는 천천히 케이의 바지를 내리고 그의 몸을 쓰다듬었다. 케이는 자신의 상관이자 데라크스의 여자였던 그녀가 무릎을 꿇고 자신을 위해 봉사하는 이 순간 더할 나위 없는 쾌락을 느꼈다. 그녀의 말대로 이 여자가 돕는다면, 그동안 자신을 무시했던 사람들을 모두 지금처럼 무릎 꿇릴 수 있을 것만 같았다.

 하지만 알렉산드라-아리아의 머릿속은 조금 달랐다. 그녀는 여태껏 권력을 가진 많은 사람들을 상대해보았지만 그들은 모두 어린아이 같았다. 그녀의 손길, 그녀의 숨결이 닿기만 하면 모두 다 흥분해서 그녀가 조종하는 방향으로 움직였다. 알렉산드라-아리아는 자신이 하는 것이 진정한 지배라고 생각했다.

 케이가 거센 호흡을 내뱉을 때, 그녀는 자신이 움직일 수 있는 체스판의 말이 하나 더 늘어났다고 생각했다.

"거기서 뭐 해?"
 케이의 숙소 근처를 지나던 아리아 2세가 열린 문틈으로 뭔가를 훔쳐보고 있는 아리아 3세를 발견하고 물었다.
"아… 아니에요. 아무것도."
 아리아 3세는 화들짝 놀라며 떨리는 목소리로 대답했

다. 하지만 어머니는 창백한 얼굴로 사시나무 떨듯 몸을 떠는 그녀가 어쩐지 걱정되었다.

"대령님이 시키실 일이 있다고 부르셔서 잠깐 왔다가 막 돌아가려던 참이었어요."

아리아 3세는 일단 이 자리를 빨리 떠나고 싶었다. 머릿속은 혼란스러웠고, 말도 잘 나오지 않는 상태였다.

"잠깐 나와 함께 가야 할 데가 있다."

"어디를요?"

"가보면 안단다."

어머니가 딸의 손을 잡고 어디론가 가기 시작했다. 케이의 숙소 안을 엿본 아리아 3세는 머리가 지끈거릴 정도로 아파왔지만, 결국 어머니를 따라가는 수밖에 없었다.

*

"어서 오십시오."

한스-아리아와 타츠미가 아리아 2세 모녀를 맞이했다.

"솔직히 놀랐습니다. 우리에게 만나자고 할 줄은 몰랐거든요."

"사실 진작에 했어야 할 일인데 많이 늦었죠. 하지만 더 이상 미뤄서는 안 될 것 같아서요."

한스-아리아가 말하자, 아리아 2세는 의아한 표정을 지었다.
"이제 우리 아리아 일가가 다시 합쳐야 할 시기가 왔다는 뜻입니다."
"데라크스 후작에게 버림받고 나서야 그런 생각이 드신 모양이죠?"
한스-아리아를 상대하는 아리아 2세의 태도는 자연스럽게 냉정해질 수밖에 없었다.
"버림받았다는 표현은 좀 그렇군요. 저희는 제 딸과 함께하기를 선택한 것뿐입니다."
"저희…라고요?"
아리아 2세가 이해가 되지 않는다는 듯 되묻자, 타츠미가 슬쩍 앞으로 나섰다.
"안녕하세요, 저는 타츠미 알렉산드라라고 합니다."
그리고 한스-아리아가 아리아 모녀에게 그를 소개했다.
"제 처이기도 하고, 또 남편이기도 합니다."
갑작스런 타츠미의 등장도 그렇지만, 쉽게 받아들이기 힘든 그의 정체에 아리아 3세는 적잖은 충격을 받았다.
"그게… 무슨 소리예요?"
"우리가 서로 사랑하는 사이란 뜻이랍니다."
타츠미가 인자한 미소를 지으며 말했다. 아리아 3세는

한스-아리아와 타츠미를 번갈아 바라보며 혼란스러운 표정이었다. 하지만 아리아 2세는 오히려 담담해 보였다.

"그렇군요. 예상은 하고 있었습니다."

한스-아리아는 아리아 2세의 평온한 태도가 의외라는 표정이었다. 하지만 그에게는 아직 해야 할 이야기가 많이 남아 있었다. 사소한 반응 하나하나에 신경 쓰고 있을 시간이 없었다.

"어쨌든 말씀드려야 할 것 같습니다. 지금 우리 가문에 존재하는 이 보이지 않는 갈등은 모두 저와 타츠미가 사랑해서 생긴 일입니다."

"……"

"아시다시피 우리 가문의 규율은 매우 엄격합니다. 그래서 저는 저희의 관계를 비밀로 할 수밖에 없었습니다. 하지만 그런 저희에게 위기가 찾아왔죠."

거기까지 말하고 한스-아리아도 잠시 멈칫할 수밖에 없었다. 그는 말을 멈추고 한동안 아리아 2세를 물끄러미 바라보았다.

"부친께서 저희의 관계를 알게 되신 겁니다. 가문에 알려 저를 파문시키려고 하셨죠."

"그래서 제 할아버지를 살해하신 건가요?"

"그땐 다른 선택의 여지가 없었습니다."

그 말이 떨어지자마자 아리아 3세는 빛의 검을 꺼내 한스-아리아의 목에 가져갔다. 하지만 어머니가 그녀를 저지했다.

"애야, 진정해라."

"자백을 들은 이상 이 자를 처형해야 해요. 그게 가문의 법도잖아요!"

아리아 3세가 떨리는 목소리로 외쳤다. 하지만 어머니는 엄한 목소리로 그녀에게 앉으라고 말했다.

"정말 복수를 하고 싶은 건가요?"

이 상황에서 타츠미가 끼어들며 말했다.

"그럼 나를 먼저 죽여요."

타츠미는 빛의 검 앞에 서서 아리아 3세를 바라보며 눈물을 흘렸다.

"나를 사랑하지 않았다면 한스는 가문의 인정을 받고 잘 살 수 있었어요. 결국 이 모든 일의 시작은 나니까, 복수를 할 거면 결국 나를 죽여야 할 거예요."

아리아 3세는 정말 타츠미를 해칠 기세로 칼을 다시 겨눴다. 하지만 그녀의 칼끝은 쉽게 움직이지 않았다. 오랜 시간 저주하고 미워했던 얼굴은 단 하나였다. 지금 자기 앞에서 눈물 흘리는 이 남자가 아니었다.

결국 그녀는 한참을 망설이다 빛의 검을 거둘 수밖에 없었다.

"…그래, 잘했다."

아리아 2세는 여전히 태연한 표정으로 흥분한 딸을 안아주었다. 한참을 흐느끼고 겨우 진정한 그녀가 다시 자기 옆에 앉자, 아리아 2세는 한스-아리아와 타츠미를 보며 조용히 입을 열었다.

"저도 한때 하루키미노라는 여성을 사랑한 적이 있었습니다."

그 순간 다시 한번 아리아 3세의 눈이 커졌다.

"어머니는 지금 또… 무슨 얘길 하시는 거예요?"

"그리고 저희도 아버지의 반대 때문에 이루어질 수 없었죠. 그때 얼마나 힘들었냐면, 아버지가 돌아가셨다는 소식을 들었을 때 잘됐다고 생각했을 정도예요."

아리아 2세가 한스-아리아와 타츠미를 바라보는 시선에는 한줌의 미움이나 원망도 담겨 있지 않았다.

"재미있네요. 어쩌면 저와 그녀 사이를 그렇게 반대했기 때문에, 두 분 사이도 굳이 폭로하려 했던 것 아니었을까요… 그리고 그 대가로……."

아리아 3세는 잠시 동안 몇 번이나 머리를 얻어맞은 것 같았다. 방금 전에 충격적인 자백을 들은 뒤 얼마 되지 않아, 굳게 믿어왔던 어머니 역시 감춰온 비밀을 고백하고 있었던 것이다.

"가끔 상상해본답니다. 모든 게 잘되어서 하루키미노와 함께 늙어갔다면 어땠을까…….."

아리아 2세는 나란히 앉아 있는 한스-아리아와 타츠미를 보며 조용히 읊조렸다.

"어쩌면 두 분처럼 이렇게 살았을지도 모르겠네요."

더이상 견딜 수가 없어진 아리아는 자리에서 벌떡 일어나 밖으로 뛰어나갔다.

불과 몇 시간 전 그녀는 사랑하는 케이의 품에 안겨 평범한 하루를 보내고 있었다. 하지만 연이어 일어난 사건들로 지금의 그녀는 지옥에 떨어졌다. 할아버지의 살인범이 자백을 했지만 어머니는 복수를 막았고, 도리어 자신의 숨겨두었던 사랑까지 고백하며 그들과 공감하고 있었다. 이런 상황에 자신을 위로해주어야 할 사람은 원수의 딸의 유혹에 넘어가버렸다. 넓은 우주에 혼자 떨어진 느낌이었다.

도저히 견딜 수 없었던 그녀는 특수 슈트를 입고 전함 위로 올라갔다. 그리고 빛의 검을 꺼내 한스-아리아의 이미지를 떠올리며 마구 휘둘렀다. 빛의 검을 계속 휘두를수록 그 이미지는 어머니의 얼굴도 되었다가, 케이의 얼굴이 되었다가 끊임없이 변해갔다.

그 순간 그녀의 시선에 뭔가가 들어왔다. 그곳에 있어서는 안 될 누군가가. 그녀처럼 특수 슈트를 입은 채 전함 밖으로 나와 있는 사람. 도로시였다.

전함 위를 움직이던 도로시는 어느 한 지점에 도착하자, 멈춰서서 팔에 달린 수신기를 조작했다. 아마 누군가를 기다리고 있는 것 같았다.

시간이 얼마나 지났을까. 작은 화물 드론 한 대가 그녀를 향해 날아왔다.

도로시는 화물을 받자 흡족한 표정을 지었다. 그리고 특수 슈트를 다시 작동시켜 에어록 안쪽으로 들어갔다. 아리아 3세는 그 모습을 계속해서 지켜보고 있었다.

6.
각자의 계산

 숙소로 온 도로시는 받은 화물을 열어보았다. 그 안에는 검은 액체가 담긴 유리병이 가득 들어 있었다. 그것은 일명 '저주받은 우물'이란 곳에서 가져온 특수한 액체였다.

 도로시는 태양계 전쟁 때 케이의 명령을 받아 원시 행성을 공격한 적이 있었다. 하지만 그들과 비교도 할 수 없을 정도로 우수한 무기와 전사들을 갖추고 있었음에도 예상외로 고전했는데, 그것은 전투에 참가한 원시 부족들이 이상할 정도로 거칠고 흉포했기 때문이다.

 한 번은 온몸이 완전히 뜯겨 죽을 위기까지 갔다가 검은 안개의 숲이라는 곳까지 숨어들어 간신히 몸을 재생시키고 살아남은 적도 있었다. 그리고 그곳에서, 그녀는 그들의 흉포함의 비밀을 발견했다.

원시 부족들이 그곳에 있는 검은 우물에서 나온 액체를 마시면, 고통과 두려움을 느끼지 못하고 오직 공격성만 남은 흉포한 존재로 돌변했던 것이다.

케이는 전투에 추가 병력을 투입시켜서 원시 부족을 멸망시켰다. 그리고 우물에서 수거한 검은 액체는 페르다 왕국으로 이송시켰다. 도로시는 그 효과에 대해선 보고하지 않았다.

대신 그녀는 자신을 따르는 부하들과 다른 계획을 세웠다. 데라크스 후작에게 가고 있는 수송선을 습격해서 검은 액체를 탈취하는 계획이었다. 계획은 다행히 성공했고, 도로시 일당은 수송선을 폭발시켜 모든 증거를 없앴다. 이로써 검은 액체는 완전히 사라진 것으로 처리되었지만, 사실은 작은 행성에 아직 상당한 양이 숨겨져 있었다.

그렇게 몰래 빼돌린 검은 액체를 만족스럽게 감상하던 도로시는, 문밖에서 들리는 목소리에 화들짝 놀랄 수밖에 없었다.

"안에 있어?"

헤르켄의 목소리였다. 도로시는 검은 액체를 숨긴 뒤 문을 열었다.

"무슨 일이야?"

"잠깐 들어가도 돼? 할 얘기가 있어서."

허락을 구하는 질문이었지만 헤르켄은 대답을 기다리지 않고 방으로 들어왔다.

"누나는 계획이 뭐야?"

"갑자기 뜬금없이 무슨 계획?"

물론 도로시도 계획이 있었다. 그녀는 검은 액체를 이용해 자신만의 군대를 만들 생각이었다. 하지만 그건 도로시 혼자만의 생각이었는데 갑자기 헤르켄이 나타나 계획을 묻자 그녀는 당황할 수밖에 없었다. 혹시 헤르켄이 뭘 알고 묻는 건 아닌가 하는 의심도 들었지만 그녀는 시치미를 뗄 생각이었다.

"지금 다들 모여서 누구와 어떻게 손을 잡을지 의논하고 있는데 누나는 그냥 가만히 앉아 있는 것 같아서."

"나는 아무 생각 없어."

"그게 자랑이야? 지금 아주 중요한 때라고. 해적 습격 이후 이 배 안에는 이제 체계라는 게 없어. 각자도생해야 하는데 아무 생각 없이 그렇게 있다간 큰일 나!"

열을 올리는 그를 보면서, 도로시는 헤르켄이 누군가와 손을 잡기로 했음을 알 수 있었다.

"그래? 그러면 네 계획은 뭔데?"

그러자 헤르켄은 대답을 망설였다. 누군가와 뭔가를 꾸미고 있는 게 틀림없었다.

"말하기 싫으면 관둬. 대신 너도 내 힘을 빌릴 생각은……."

"검은 강철! 우리는 검은 강철을 훔칠 거야!"

헤르켄은 도로시가 놓은 미끼를 단숨에 물었다.

"검은 강철을 훔친다고? 누구야? 그런 계획을 세운 사람이."

"디아고라고, 원래 페르다 왕국 의회에 있던 사람이야."

"그 계획에 또 누가 참여하는데? 혹시… 케이도 있어?"

"누나 머릿속엔 그놈밖에 없나봐? 아직 합류한 건 아니지만 알렉산드라-아리아 함장이 접촉한다고 했으니 또 모르지, 나중에 합류할지도."

도로시의 머리가 빠르게 돌아갔다. 평소에 도로시는 똑똑하지 못하고 게으른 동생을 무시하는 편이었다. 그러나 지금, 동생의 말에 적어도 한 가지는 동의했다. 지금은 각자 살아남을 길을 찾아야 할 시기라는 것.

"그렇군. 알았어."

"그게 다야?"

"그럼 또 뭐가 있는데?"

"우리 계획에 합류할 거냐고 묻는 거야."

"그렇게 되면 내가 얻는 건 뭔데?"

"우리는 그 검은 강철로 무장해서 우리만의 세계를 만

들고, 거기서 한자리하게 되는 거야. 한마디로 권력을 얻게 되는 거지."

"권력? 글쎄, 나는 별로 안 끌리는 걸."

"쳇! 또 이렇게 나온다. 나중에 끼워 달라고 해도 소용없어. 내가 디아고 의원과 접촉하려고 얼마나 공을 들였는데."

"네가 무슨. 보나마나 이번에도 창권이 다 했겠지."

도로시는 헤르켄에 대해 너무나 잘 알고 있었다. 그는 데오르피오 시절부터 사소한 일은 모두 창권에게 떠밀었지만 모두 자신이 해낸 양 거드름을 피웠던 것이다.

"끼지도 않을 거면서 남의 성질은 왜 건드려!"

기분이 상한 헤르켄은 박차고 방을 나섰다. 도로시는 그가 떠나는 것을 확인한 뒤, 밖으로 나와 케이의 숙소로 향했다.

"방이 조금 허전해진 것 같아요."

케이의 숙소에 들어간 도로시는 예전과 다른 것을 느끼고 말했다.

"아리아 3세가 떠났네. 당분간 혼자 있고 싶다고 하더군."

"…헤어지신 겁니까?"

도로시의 질문에 케이는 아무 말도 하지 않았다.

"그 얘기는 그만하고 찾아온 용건이나 들어볼까?"
"검은 강철에 대한 계획이 있다고 들었습니다."
"어디서 들었지?"
"제 동생한테서요."

도로시가 대답했다. 케이는 그럴 줄 알았다는 듯 대수롭지 않게 말했다.

"나한테는 알렉산드라-아리아 함장이 직접 찾아와서 제안했어. 생각보다 많은 인물들이 얽혀 있는 모양이군."
"그중 몇 명이나 쓸모가 있을지는 모르겠지만요."
"내 생각도 그래."

케이는 무표정한 얼굴로 동의했다.

"이미 자네가 필요하다고 이야기했네. 합류할 생각이라 날 찾아온 거지?"
"네, 맞습니다."
"자네 고향이니 당연히 지리도 잘 알거고, 무엇보다⋯ 자네한테 실례되는 말일지도 모르지만, 난 자네 동생인 헤르켄이 팀을 이끌 역량이 있다고 보지 않네.".
"저도 그렇게 생각합니다."
"생각이 같아서 다행이군. 마음이 통하는 부하가 있다는 건 언제나 즐거운 일이지."
"별로 즐거워 보이시지 않는데요."

도로시가 보기에 케이의 얼굴은 여전히 어두웠다.
"마음을 알아주는 부하가 있다는 것도 즐거운 일이고……."

케이는 씁쓸한 웃음을 지으면서 애써 밝게 행동하려고 했지만 그걸 보는 도로시의 마음은 왠지 모르게 쓰려왔다.

"내일 오전 중에 작전 회의가 있을 예정이야. 꼭 참석하도록."

"네, 알겠습니다."

도로시는 케이를 향해 경례를 올렸다. 또 한번 그와 함께 새로운 작전을 펼친다는 것만으로 그녀는 이미 설레고 있었다.

Part 3. Body/Snatchers

1.
태스크 포스

"오, 이걸 타고 가는 건가?"

미스터 창은 으리으리한 자태를 자랑하는 아리아 2세의 공격선 앞에 서 있었다. 한스-아리아와 아리아 2세가 만난 결과물이었다. 아리아 2세가 이번 계획을 위해 자신의 공격선을 지원하기로 한 것이다.

그녀는 페르다 행성에 있을 때부터 데라크스 몰래 유능한 과학자들과 기술진들을 모아 우주 항공 기술을 개발해 왔다. 지금 미스터 창이 보고 있는 공격선은 그 결과물 중 하나로 기기의 대부분이 검은 강철 아머로 보호받고 있고, 강력한 연사 레이저 포도 2기나 장착되어 있었다.

"실제로 보는 건 처음인데 역시 소문처럼 대단한 걸!"

평민 출신의 군인이었지만 과학과 기술에 큰 관심이 있

던 미스터 창은, 공격선을 여기저기 훑어보며 신이 나 있었다. 이번 검은 강철 탈취 임무에서 그는 직접 공격선의 조종을 맡을 예정이었다.

며칠 후, 모든 준비가 끝나고 그 공격선에 작전 수행을 위한 태스크 포스 팀이 탑승했다. 케이와 도로시, 헤르켄, 미스터 창, 그리고 바할이 바로 그들이었다. 태스크 포스 팀은 무사히 전함을 떠나 데오르피오를 향해 갔다. 그리고 이 일에 관련된 다른 사람들은 전함 안에서 그들이 출발하는 모습을 지켜보고 있었다.

"너는 왜 저들과 합류하지 않은 거니?"

떠나는 태스크 포스 팀을 창밖으로 바라보면서 아리아 2세가 딸에게 물었지만 그녀는 대답하지 않았다. 아니, 대답할 수 없었다. 지금도 그녀의 머릿속에선 수많은 이유들이 혼란스럽게 싸우고 있었기 때문이었다.

"어머니에게… 저는 대체 어떤 존재죠?"

"그게 무슨 소리니?"

"혹시 저를 가진 걸 후회하시진 않으셨나요?"

"난 누구보다도 네가 자랑스럽단다. 내 인생에 어떤 일이 있더라도 나는 너를 낳았을 거야."

"그럼 제 아버지가 누군지도 알려주실 수 있나요?"

"뭐라고?"

"저는 여태까지 아버지에 대해 들은 적은 없지만, 어머니가 사랑하는 사람과 저를 가졌을 거라고 믿었어요. 하지만 생물학적으로 그럴 수는 없잖아요."

"그건… 알아도 너에겐 아무 도움이 되지 않을 거다."

긴 침묵 끝에 아리아 2세가 딸에게 해줄 수 있는 말은 그것뿐이었다.

알렉산드라-아리아는 함장실에서 공격선이 출발하는 모습을 지켜보고 있었다. 그녀 곁에 한스-아리아가 조용히 다가와 불만스러운 말투로 말을 걸었다.

"꼭 케이를 끌어들였어야 했냐?"

"임무에 필요한 사람이니까요."

"그래? 나는 왠지 네가 이 결정을 후회할 것 같다는 생각이 드는데?"

하지만 알렉산드라에게 아버지의 투덜거림은 들어오지 않았다.

"아버지. 아무래도 저… 케이를 사랑하는 것 같습니다."

그 말에 한스-아리아는 몹쓸 말이라도 들은 것처럼 펄쩍 뛰었다.

"농담이 심하구나."

하지만 알렉산드라-아리아는 진지했다. 그녀는 여태까지 속에 능구렁이 같은 사업가나 가디언처럼 세상 물정 모르고 자기 잘난 맛에 사는 남자들만 상대해왔다. 그런데 케이는 그들 중 어느 쪽에도 속하지 않았다. 자신의 신념과 믿음을 가지고 있고, 냉정하면서도 단순하고 우직했다. 그녀가 여태까지 만나본 사람들과는 전혀 달랐다.

한스-아리아는 딸이 지금 케이에게 진심으로 흠뻑 빠져 있다는 것을 느낄 수 있었다. 그는 뒤늦게 계산 없는 사랑에 끌리는 딸의 감정도 걱정되었지만, 그 때문에 가문의 명성에 누를 끼칠 것이 더 문제라고 생각했다. 그래서 차라리 케이가 이번 임무에서 돌아오지 않았으면 좋겠다고, 내심 생각하고 있었다.

*

태스크 포스 팀은 무사히 데오르피오 행성의 대기권에 진입했다. 그들은 페르다 왕국의 레이다를 피해 숲이 우거진 울창한 산 속에 착륙했다.

"창권은 여기서 대기해. 신호를 기다린다."

케이의 뜻대로 지휘는 도로시가 맡았다. 미스터 창은 남아서 공격선을 지키기로 하고 남은 인원들은 기체에서 내려 숲을 걷기 시작했다.

나무들이 너무 크게 우거져 있어 햇빛조차 보이지 않는 숲길, 보통은 짐승이나 새소리가 들려오기 마련인데, 데오르피오 숲에선 어떤 소리도 없이 고요함만 느껴졌다.

그러나 케이의 직감은 뭔가 위험을 감지했다. 그는 앞에서 걷고 있는 도로시에게 물었다.

"왠지 모르지만 느낌이 좋지 않은데… 여길 지나갈 때 주의해야 할 게 있을까?"

"사나운 짐승만 안 만나면 딱히 위험한 건 없습니다."

"그 말은 사나운 짐승은 위험하단 뜻이로군."

도로시의 화법에 익숙해진 케이는 그녀가 대수롭지 않게 말하는 것도 허투루 들어선 안 된다는 걸 잘 알고 있었다.

"네. 피라나라는 짐승인데 만나면 곤란하죠. 특유의 냄새가 나는 침을 뱉는데, 아주 역겨워요."

"그 침을 맞으면 어떻게 되나?"

"역겹게 녹아내립니다."

"그렇게 태연하게 할 말은 아닌 것 같은데?"

"보통 사람이라면 그렇겠죠. 하지만 우리 몸엔 테라륨이 흐르고 있지 않습니까?"

"그렇더라도 우리가 불사신은 아니야."

"그런가요? 저는 예전에 몸이 산산조각 났는데도 다시

살아나더라고요. 그 정도면 불사신이라고 해도 될 것 같던데요."

"…산산조각 난 적이 있어?"

도로시의 말투는 여전히 어제 점심 메뉴를 얘기하듯 건조했다.

"예전에 원시 행성에 절 보내셨지 않습니까? 그때 미친 듯이 달려드는 원시 부족에 의해 몸이 찢긴 적이 있는데, 그래도 재생되더라고요. 심지어 제 몸의 일부가 그놈들에게 먹혔는데도요."

케이는 처음 듣는 얘기였다. 하지만 대수롭지 않게 얘기하는 도로시와 달리, 케이는 그것이 어쩌면 대단히 중요한 사실을 의미하고 있는지도 모르겠다는 생각을 잠깐 했다.

'그러고 보니 우리는 아직 테라륨이 어떻게 작동하는지 잘 모르고 있어.'

행군을 계속하다 보니 어느새 날이 저물기 시작했다. 나무 사이로 종이처럼 가늘게 비추던 햇빛마저 사라지고 붉은 노을만 스며들 때 케이는 불길한 예감의 실체와 마주했다.

"도로시 소령."

"네, 대령님."

"아까 그 피라나라는 놈들이 역겨운 냄새를 낸다고 했지?"

"맞습니다."

"그 역겨운 냄새라는 게… 지금 나는 이 냄새 맞나?"

도로시가 걸음을 멈추고 냄새를 맡더니 경계태세를 취하기 시작했다.

"맞습니다."

도로시가 수신호로 다른 대원들에게도 위험을 알리자 모두들 행군을 멈추고 주변을 살폈다. 방금 전까지 희미하던 피라나의 냄새가 어느새 꽤 짙어져 있었다.

"빌어먹을 냄새가……."

헤르켄이 코를 막으며 인상을 찌푸리던 그때, 나무 위 피라나가 뱉은 침이 마치 폭포처럼 그들에게 쏟아졌다.

"바할!"

헤르켄이 그것을 발견하고 소리를 질렀지만 피라나의 짙푸른 타액은 이미 바할의 몸을 덮쳤고, 그의 몸은 지독한 냄새와 함께 녹아내렸다.

"모두 조심해!"

이번에는 피라나의 침이 케이를 향해 날아왔지만, 케이는 몸을 굴려 피한 뒤 피라나를 향해 레이저 건까지 발사했다. 피라나가 몸을 움직이자 나뭇가지가 놈의 무게를 이기지 못하고 부러졌다.

쿵. 커다란 소리를 내며 땅으로 떨어진 피라나는 온몸을 꿈틀거리며 주변에 마구 침을 뱉어댔다. 그것을 미처 피하지 못한 헤르켄의 몸이 그대로 녹아내렸다.

도로시는 들고 다니던 검은 강철로 만든 창으로 피라나의 목을 찔렀다. 피라나는 고통스러워하며 바둥거렸다. 도로시가 다음 공격을 준비하던 그때, 죽은 줄 알았던 피라나가 일어나 거대한 이빨로 도로시의 몸을 깨물었다.

케이는 검은 강철로 만든 검을 꺼내 복수할 준비를 취했고, 몇 번의 시도 끝에 피라나의 머리를 베는 데 성공했다. 하지만 그에겐 피라나의 침보다 더 지독한 혈액이 쏟아졌다.

바닥에 흥건해진 피라나의 푸른 피는 케이의 다리를 녹였고, 중심을 잃은 케이가 그 위로 쓰러지자, 그의 몸의 남은 부분도 혈액 속에 천천히 용해되었다.

몸은 모두 녹아버렸지만 태스크 포스 팀의 세포는 테라륨의 힘으로 살아 있었다. 그들의 검은색 피가 마치 생명력이라도 가진 듯 한두 방울 씩 모이더니 죽은 피라나의 몸으로 향했다. 그리고, 그 검은 피들은 쓰러진 피라나의 시체를 다 먹어치웠다. 그러자 녹아내렸던 몸들이 하나씩 재생되기 시작했다.

처음엔 작은 살점처럼 보이던 것들이 불어나면서 점점 사람의 모습을 갖추더니 마침내 살아 생전의 모습을 되찾았다.

"이… 이게 대체 무슨 일이……."

영락없이 죽은 줄 알았던 케이는 재생된 자신의 몸을 보며 당황하면서도 놀라고 있었다.

"경험해보니까 어떠세요? 그렇게 기분 좋은 경험은 아니지만 이 정도면 불사신이라고 불러도 될 것 같은데."

"이게 바로 테라륨의 힘인가……."

그는 주변을 살펴보다가 피라나의 시체들이 깨끗하게 사라진 것을 보았다.

'그래, 그냥 재생할 수 있을 리가 없지…….'

녹아버린 신체조직이 재생하는 데는 그만큼의 재료가 필요했을 것이었다. 아마 테라륨은 인체가 가지고 있는 유전자의 구조나 배열 등을 모두 기억하고 있다가 단백질 등을 합성해 신체로 재생시키는 능력을 가지고 있는 것 같았다.

태스크 포스 팀은 어두워지고 나서야 검은 강철의 수송선 근처에 다다를 수 있었다. 그들은 몸을 숨긴 채 주변의 경비 상황을 탐색했다. 오랫동안 전쟁을 치르지 않고 평화에 익숙해져 있던 데오르피오였기 때문에 경비는 매우 허술해 보였다.

"생각만큼 어려운 일은 아닐 것 같은데?"

헤르켄이 들뜬 목소리로 말했다. 케이가 앞장서자 모두 그의 뒤를 따랐다. 그들은 훈련된 전사답게 경비대를 빠르게 제압하고는 수송선에 탑승했다.

"이번 건은 속도가 핵심이야."

전체적인 작전을 지휘하는 도로시가 그렇게 말했다. 태스크 포스 팀은 최대한 빨리 수송선을 접수해서 사라지는 것을 목표로 삼고 있었다. 파일럿들을 처치하는 것도 어렵지 않았다. 그들은 수송선의 조종석에 앉아 빠르게 이륙을 시작했다.

하지만 그때까지 물 흐르듯 순조로웠던 그들의 임무에 먹구름이 끼기 시작했다. 허가 없이 이륙한 수송선을 눈치챈 공군에서 라이트 파이터를 출동시킨 것이다.

케이는 침착하게 통신장비를 켜고 자신들이 타고 온 아리아 2세의 공격선과 연결할 수 있는 주파수를 찾았다.

"창권, 이쪽으로 와. 네가 필요하다."

2.
공중전

아리아 2세의 공격선에서 대기 중이던 미스터 창은 대기로 날아가는 화물선을 보자마자 이륙했다. 때마침 도움을 요청하는 케이의 무선이 도착했다.

케이와 도로시는 다가오는 아리아 2세의 공격선을 보자 화물선의 뒷문을 열고 그쪽으로 점프했다. 미스터 창은 기막힌 조종 실력으로 하늘을 날아오는 두 사람의 안착을 도왔다. 그들은 공격선 안쪽으로 들어가 특수 슈트를 챙겨 입었다.

"적들이 몰려올 거야! 뒤쪽에서 엄호해줘야 해!"

슈트를 다 입은 도로시가 미스터 창에게 엄중한 목소리로 명령했다.

"걱정 말고 맡겨주세요."

미스터 창은 자신 있게 대답했다. 특수 슈트를 입은 케이와 도로시는 공격선 기체 위로 올라간 뒤 로켓 추진장치를 작동시켜 다시 화물선 위로 날아갔다.

얼마 지나지 않아 열 대가 조금 넘는 페르다 왕국의 라이트 파이터들이 접근했다. 그들은 수송기를 향해 레이저를 쏘아댔지만, 미스터 창의 공격선이 사이에 끼어들며 그들을 방해했다. 검은 강철로 둘러싸인 기체는 어지간한 레이저 공격에는 끄떡없었다. 그리고 어차피 장착된 무기는 공격선 쪽이 한 수 위였다.

그 사이, 케이와 도로시는 특수 슈트를 입고 하늘을 날며 칼과 창으로 라이트 파이터들을 파괴했다. 아리아 2세의 공격선과 그들이 힘을 합치자 남은 라이트 파이터들은 마치 나뭇잎처럼 우수수 하늘에서 떨어져 내렸다.

"좋았어!"

조종간을 잡은 미스터 창은 신이 나서 소리를 질러댔다. 하지만 그것이 끝이 아니었다. 강력한 화력을 가진 그랜드 파이터 두 대가 다시 그들을 향해 날아오고 있었던 것이다.

화물선 기체 위에 서서 상황을 지켜보던 도로시의 얼굴에 그늘이 졌다.

"쉽게 보내주지 않는군요."

하지만 케이는 금세 적들을 공략할 방법을 찾아냈다.

"내가 오른쪽, 자네가 왼쪽을 맡아. 정면으로 그랜드 파이터를 상대할 생각은 말고, 내부로 침투해서 파일럿들을 제압하는 거야. 할 수 있겠나?"

도로시는 고개를 끄덕였다. 이럴 때 케이는 참 믿음직스러웠다.

"가능하면 그랜드 파이터까지 탈취할 수 있으면 더 좋겠군요."

"두말하면 입 아프지."

"알겠습니다!"

그 말을 남기고 도로시가 하늘 높이 날아올랐다. 케이는 자신이 앞장설 기회를 놓친 것을 아쉬워하며 그 뒤를 따랐다.

"조심하십시오!"

급하게 선회한 아리아 2세의 공격선에서 미스터 창이 외쳤다. 그는 공격선에 장착된 레이저로 그랜드 파이터를 공격하며 그들을 엄호하려 했지만, 그랜드 파이터의 강력한 실드 앞에 모두 무용지물이 되고 말았다.

"역시 레이저로는 안 되겠군."

도로시는 그렇게 외치며 빠르게 그랜드 파이터의 아래 방향을 공략했다. 검은 강철로 만든 창으로 수송문을 부수고 내부로 잠입한 것이다. 케이도 늦지 않게 남은 한 대의 그랜드 파이터 안쪽에 진입하는 데 성공했다. 두 사람은 저항하는 공군들을 빠르게 처치하고 조종실을 장악했다.

"지금부터 저 화물선을 따라 비행한다!"

파일럿의 목에 창을 들이댄 도로시가 명령하자 겁을 먹은 파일럿이 방향을 바꾸었다. 하지만 그 틈을 타 약삭빠른 대원 한 명이 옆에 있던 부조종사의 조종간을 흔들었다. 급작스런 움직임에 도로시의 몸이 뒤로 밀려났고 그랜드 파이터는 빠르게 추락하기 시작했다.

"다시 방향을 바꿔!"

도로시가 다시 파일럿에게 명령했지만 그는 이미 조종간을 바꾼 대원에 의해 살해된 후였다.

"여기서 죽으면 죽었지, 우리 물건을 너희에게 넘겨주진 않을 거야!"

그 대원은 그렇게 말하고 자신의 머리에도 총을 쏘았다. 도로시는 할 수 없이 직접 조종간을 당겨보았지만, 어떤 특수 장치가 되어 있는지 조종간은 꿈쩍도 하지 않았다.

"이런 젠장……."

어느새 도로시의 코앞에 지면이 다가와 있었다. 그녀가 탄 그랜드 파이터가 땅과 충돌하며 화염에 휩싸였다.

"도로시!"

케이가 외마디 비명을 질렀다.

"제가 가서 찾아보겠습니다."

수신기에서 미스터 창의 목소리가 들려왔다.

"꼭 찾아! 무슨 수를 쓰더라도."

케이가 그 어느 때보다 간절한 목소리로 말했다.

*

쉽지 않았던 전투가 끝난 후 수송선과 케이가 훔친 그랜드 파이터는 무사히 데오르피오 행성 대기권을 빠져나가 우주로 진입했다. 그곳에선 그들이 타고 있던 전함이 그들의 귀환을 기다리고 있었다.

"성공했군요!"

알렉산드라-아리아는 그 누구보다 먼저 뛰어나와 돌아온 케이를 품에 안았다. 뒤늦게 정박장에 도착한 한스-아리아는 그 모습을 보며 불안함에 몸을 떨었다. 한스-아리아는 임무를 완수하고 돌아온 것이 하나도 반갑지 않았다.

한편 그와 함께 도착한 아리아 2세는 자신의 공격선이 보이지 않는 것이 의아했다.

"내 공격선은 어디 가고, 못 보던 그랜드 파이터가 있네요?"

"사고가 좀 있었습니다. 정리되면 자세히 보고드리죠."

케이가 간단히 사정을 설명했다. 뒤늦게 나타난 디아고는 정박장에 자리 잡은 거대한 수송선을 보며 만족스런 표정을 지었다.

"모두 고생했네. 이제 제대로 된 군대를 만드는 일만 남았군."

저마다 자신이 신경 써야 하는 일들에 빠져 있는 가운데, 헤르켄은 그랜드 파이터의 파일럿들을 처형하는 일에 집중했다. 케이는 헤르켄이 하고 싶은 대로 하게 놔두었다. 그의 머릿속에는 돌아오지 못한 도로시에 대한 생각으로 가득 차 있었다.

"무슨 생각을 그렇게 하고 있어요?"

알렉산드라-아리아가 옆으로 다가와 물었다.

"작전에 성공하긴 했지만, 문제가 좀 있어서 어떻게 해결해야 할지 고민 중이었습니다."

"오랜만에 귀환했는데 오늘은 더이상 생각하지 말고 푹 쉬는 게 어때요?"

알렉산드라는 케이의 팔을 끌어당겼다.

"내 숙소로 가요. 맛있는 술이 있어요."

한스-아리아는 정박장 밖으로 사라지는 케이와 알렉산드라의 모습을 한참 동안 멍하니 바라보고 있었다.

잠시 후, 두 사람은 옷을 벗고 뒤엉켜 있었다. 알렉산드라는 케이 아래서 격렬하게 몸을 비틀며 신음소리를 냈다.

폭풍처럼 격렬한 시간이 지나간 후, 알렉산드라는 케이에게 말했다.

"재미있는 얘기 하나 해줄까요?"

"원한다면."

무뚝뚝한 표정으로 케이가 대답했다.

"나 당신을 사랑하는 것 같아요."

그 말을 듣고도 케이의 표정은 변하지 않았다.

"고백을 들었으면 뭔가 반응을 해야 하지 않아요?"

"고백이었습니까? 재밌는 얘기라고 해서 농담인 줄 알았죠."

"당신은 나를 전혀 사랑하지 않는 건가요? 그냥 내 몸이 좋은 거예요?"

"그러면… 안 됩니까?"

싸늘한 표정으로 케이가 말을 이었다.

"솔직히 말하면 사랑이라는 감정을 마지막으로 느껴본 게 언제인지 기억조차 나지 않네요."

"아리아 3세는요? 그 여자를 사랑하는 건 아닌가요?"

케이는 고개를 저었다. 아리아 3세와 자신의 관계도 사랑이라 말할 수는 없었다.

"그럼 정말, 여태까지 살면서 단 한 명도 사랑해본 적이 없는 거예요?"

알렉산드라는 믿을 수 없다는 듯 말했다. 그러자 그 순간 케이의 머릿속을 스치고 지나가는 이름이 하나 있었다.

"노아……."

생각할수록 가슴이 아픈 존재, 한때 그의 아픔이 자신의 아픔처럼 느껴졌던 존재. 케이에게도 분명히 그런 이름이 있긴 했다.

"노아요? 그게 누구죠?"

"예전에 시스에서 같이 복무했던 상등병입니다."

"아, 들은 적 있어요. 당신이 그 사람의 복수를 위해 사람을 죽이고, 자신도 죽을 위기를 겪었다고. 뭐야, 처음부터 이길 수 없는 거였네. 목숨까지 걸었던 사람을 어떻게 이겨."

알렉산드라는 옷을 입으며 무심하게 중얼거렸다.

"내일 아침에 공개 회의를 열고 우리의 목표를 공식화할 거예요."

케이는 자신의 감정에 대한 이야기에서 벗어나 다행이라고 생각하며 물었다.

"…근데 우리의 목표가 뭔가요?"

3.
새로운 희망

"여러분! 이제 우리에게 새로운 희망의 시대가 열렸습니다!"

알렉산드라-아리아는 공식 석상에 모인 탑승자들을 향해 외쳤다. 그리고 자신의 옆에 서 있는 디아고 의원, 한스-아리아, 아리아 2세, 그리고 케이를 가리키며 말했다.

"여기 서 있는 용감한 용사들 덕분에 우리에겐 새 길이 열렸습니다. 우리는 이제 데라크스 후작이 씌운 굴레를 벗어나 그와 싸울 것입니다!"

단상에 올라가는 것이 허락되지 않은 헤르켄은 바할과 함께 군중들 사이에 서서 케이를 보며 부러워하고 있었다.

'내가 저 자리에 있어야 하는데……'

헤르켄은 군중들이 케이를 선망의 표정으로 바라보고

있는 것을 확인하고 생각했다. 하지만 그의 예상과 달리 대부분의 군중들은 지금 알렉산드라-아리아가 선언한 데라크스와의 전쟁에 대해 의아하게 생각하고 있었다.

"우리에겐 전함 두 대밖에 없는데 데라크스의 군대와 어떻게 싸운다는 거야?"

군중들이 술렁거리자 알렉산드라-아리아가 자신만만한 태도로 말했다.

"여러분들이 불안해하신다는 거 압니다. 하지만 안심하세요. 여기 있는 케이 대령이 데오르피오에서 검은 강철 10만 톤을 훔쳐왔습니다!"

그 얘기를 들은 사람들은 데라크스와 싸우겠다는 이야기를 들었을 때보다 더 깜짝 놀랐다.

"뭐? 검은 강철 10만 톤이라고?"

그 순간, 그들의 뒤에 있던 수송선의 뒷문이 열렸다. 그러자 그 안에 있던 엄청난 양의 검은 강철이 군중들의 눈에 들어왔다.

"…정말이잖아?"

사람들은 눈으로 보고도 믿을 수 없었다. 그토록 귀한 검은 강철을 10만 톤이나 가지고 있다니.

"그렇습니다! 우리는 이것을 가지고 데라크스 후작이 상상도 못할 군대를 만들 것입니다. 이것이 모두 여기 있는 케이 대령 덕분입니다!"

"와! 케이! 케이! 케이!"

검은 강철을 보고 흥분한 군중들이 케이의 이름을 연호하기 시작했다. 케이는 문득 예전에 자신의 재판에서 군중들이 데라크스의 이름을 외치는 것을 보고 부러워했던 것이 기억났다. 비록 그때와는 비교도 할 수 없는 적은 군중이었지만, 그래도 자신이 생각했던 모습에 조금 더 가까이 왔다는 사실을 만끽할 수 있었다.

"검은 강철이 있다고 칩시다! 하지만 어떻게 데라크스와 상대한다는 말입니까?"

누군가 묻자, 이번에는 디아고가 나서서 대답했다.

"우리는 데라크스에 대항하는 새로운 왕국을 건립할 것입니다."

"왕국을 어디에 건립하는데요?"

"그건 바로, 제3지구입니다."

처음 들어본 행성 이름에 다시 군중들이 웅성거렸다. 디아고는 그런 군중들을 달래는 대신, 뒤쪽에 서 있던, 망토를 쓴 인물 하나를 불러냈다.

"여러분께, 섀도우 가문의 마지막 생존자를 소개하죠."

망토를 벗자 바란 섀도우의 얼굴이 나타났다.

"안녕하세요. 저는 섀도우 가문의 마지막 생존자 바란

섀도우입니다."

"섀도우 가문에 생존자가 있었다고?"

오늘의 행사는 마치 잘 짜여진 한 편의 쇼 같았다. 군중들은 검은 강철의 존재에 한 번 놀랐고, 제3지구라는 행성에 간다고 했을 때 다시 놀랐으며, 바란 섀도우가 등장했을 때 마지막으로 크게 놀랐다. 하지만 바란 섀도우의 등장보다 놀라운 것은 그가 말한 내용이었다.

"오늘 저는 섀도우 가문의 마지막 후손으로서, 여러분들께 제가 꾼 예언의 꿈을 전달드리려고 합니다."

그 말 한마디에 소란스럽게 떠들던 군중들이 쥐 죽은 듯 조용해졌다.

"우리들은 제3지구로 향할 것이고, 그곳에서 번성하여 그 누구도 이루지 못한 왕국을 건설할 것입니다. 그리고 우리로 인해 페르다 왕국은 멸망하게 될 것입니다!"

그 말을 듣는 순간, 군중들은 흥분하여 함성을 질러대기 시작했다. 섀도우 가문의 예언은 절대적이기 때문이다.

같은 시간, 수십 광년 떨어진 페르다 왕국에서 데라크스 후작은 데오르피오 행성의 도난 사건을 보고받고 있었다.

"10만 톤이야! 10만 톤!"

분노하는 데라크스 후작의 목소리가 황실궁에 울려 퍼

졌다.

"현재 모든 정보를 동원해서 그들의 항로를 추적 중입니다."

"근데 왜 못 찾는 건가?"

"수신 정보가 암호화되어 추적이 불가능하다고 합니다."

신하들의 무능함에 질린 데라크스는 그들을 뒤로 물리고 통신기를 찾았다. 이런 일에 적임자는 따로 있었다.

"어쩐 일이십니까? 데라크스 후작 님."

홀로그램 화면 저편에 지금은 해적왕이 된 빌리아스가 나타났다.

"어떻게 된 거야? 일도 제대로 처리 못하고! 이젠 골칫거리도 늘어났어."

"그게… 저희도 동생이 끼어들 줄은 몰랐습니다."

"가족 관리를 제대로 해야지! 몰랐다고만 하면 그만이야? 네가 저지른 문제니까, 네가 해결하도록 해. 검은 강철만 찾으면 비용에 수고비까지 얹어줄 테니까 걱정 말고!"

"네, 알겠습니다!"

돈 이야기가 나오자 껄렁하던 빌리아스의 태도가 돌변했다. 데라크스는 돌변한 빌리아스의 태도가 마음에 들진 않았지만 그를 믿어보기로 했다.

*

그로부터 며칠 후, 디아고 의원의 제안으로 주요 책임자들끼리 제3지구 중앙의회를 결성했다. 한스-아리아와 디아고 의원, 그리고 아리아 2세가 공동위원장을 맡았고, 의회를 이끌어 나갈 의원으로는 케이 루나벤켄도르, 바란 섀도우가 지명되었다. 아리아 3세는 의회 회의에 참석하지 않았지만, 어머니의 요구로 그녀 역시 의원 역할을 맡게 되었다.

첫 번째 안건은 앞으로 다가올 위협에 대비하기 위한 군사 건립 계획이었다. 가장 시급한 것은 공격선과 무기를 만들기 위한 자원이었고, 케이는 군 사령관의 역할까지 맡아 훈련과 자원 수집 임무를 맡았다.

케이는 카림을 부사령관으로 임명했다. 카림이 썩 마음에 들진 않았지만 아리아 3세와의 관계는 껄끄러워졌고 도로시는 현재 생사를 확인할 수 없으니 달리 사람이 없었다.

헤르켄과 바할은 대령으로서 자원 수집 임무의 현장 책임을 맡게 되었다. 이들의 임무는 항로 주변에 있는 여러 행성을 습격해 자원과 식량을 확보하는 것이었다.

행정적인 임무는 공동위원장들이 도맡아 처리했다. 그들은 히타노를 항해 사령관에 임명했는데, 그가 제3지구의 위치와 좌표를 알고 있는 유일한 인물이었기 때문이다. 두 전함을 목적지까지 인도하는 데 필요한 모든 권한과 책임이 그에게 주어졌다.

히타노는 항해 사령관이 되자마자 노라스단테 5세를 부항해사로 임명하고 그 외에는 어떤 권력의 행사도 없이 조용히 항해에만 집중했다.

그리고 중앙의회는 탑승자들 중 과학자와 기술자를 모집해 검은 강철을 이용한 공격선과 무기 개발에 투입했다. 특히 아리아 2세와 함께한 과학자들은 모두 출중한 능력을 지니고 있었고, 이들이 중심이 된 기술 개발은 단시간에 놀라운 성과를 내었다.

그렇게 1년의 시간이 빠르게 흘러갔다. 그리고 어느 날, 함대 앞에 소식이 끊겼던 아리아 2세의 공격선이 다시 나타났다.

4.
전사의 귀환

"함대에 접근 중인 우주선은 정체를 밝혀라."

히타노 사령관이 통신 회선을 열고 접근 중인 공격선에게 말했다. 그러자 통신기에서는 오랜만에 듣는 목소리가 흘러나왔다.

"여기는 미스터 창. 도로시 님과 함께 데오르피오 행성 임무를 마치고 귀환 중이다."

브릿지 내에서 통신을 들은 사람들은 모두 환호했다. 1년이나 시간이 흘러서 아마 생사를 달리했을 거라고 생각한 사람들이 무사히 귀환했으니, 일단은 기뻐하고 볼 일이었다.

그중에서도 도로시가 돌아왔단 소식을 가장 반긴 것은 그녀의 동생인 헤르켄이 아니라 케이였다. 그는 무사히 돌아온 도로시를 보자 반가움을 이기지 못하고 그녀를 와락 끌어안았다.

"1년 동안 많이 변하셨네요."

갑작스러운 케이의 환대에 어색해진 도로시는 어쩔 줄 몰랐다.

"정말 보고 싶었어. 자네가 돌아올 거라는 걸 한 번도 의심한 적 없네."

그 말을 들은 도로시의 가슴 속에서 무언가 뜨거운 감정이 꿈틀대기 시작했다. 어쩌면 그건 케이를 처음 본 순간부터 느꼈던 감정이었을 것이다.

케이가 도로시의 귀환을 무척 기뻐한 것과 달리, 헤르켄은 미스터 창만 반길 뿐 도로시가 돌아온 것에 대해서는 탐탁지 않아 했다. 그는 도로시가 자신의 의원 자리를 뺏을까봐 전전긍긍하고 있었기 때문이다. 하지만 도로시와 미스터 창이 중앙의회의 또다른 의원으로 추가되었을 뿐, 기존의 의원들을 내보내는 일은 일어나지 않았다.

도로시가 돌아온 다음날부터 케이와 도로시는 은밀하게 잠자리를 갖기 시작했다. 단단한 근육으로 단련된 도로시와의 정사는 케이가 처음 느껴보는 육체적 쾌락을 느끼게 해주었다. 아리아 3세와의 정사가 거친 느낌이었다면 도로시와는 부드럽고 따뜻한 느낌이 들어 좋았다.

"창술만큼이나 화려하고 훌륭하군."

도로시와의 정사가 끝난 뒤 케이가 말했다.

"혹시라도 사랑이니 뭐니 하고 감정적으로 귀찮게 굴지는 않았으면 좋겠어요. 난 그런 거 안 믿거든요."

도로시가 서둘러 옷을 입으며 말했다.

"동감이야. 구차하게 감정적으로 굴지 말고 딱 지금처럼 즐기기만 하면 좋을 것 같은데."

그때, 갑자기 홀로그램 통신기에서 호출 신호가 깜빡거렸다. 중앙본부에서 긴급회의를 소집했다는 소식이었다.

*

"우리의 접근 소식을 지구에서 알게 된 것 같습니다."

히타노의 보고로 회의가 시작되었다.

"그들이 이런 내용의 통신을 보내왔습니다. '우리는 외계인이 오는 것을 반기지 않는다. 지구의 일에는 관심 갖지 말고 너희들의 일에나 신경 써라.'"

히타노가 메시지를 읽자 갑자기 분위기가 어두워졌다.

"환영까진 바라지 않았지만… 이거 뭐 대놓고 오지 말라는 얘기군요."

디아고가 정적을 깨고 말했다.

"어차피 저쪽에서 초대장을 보낸 적도 없지 않습니까. 이 정도 반응은 예상했어야죠."

한스-아리아가 냉소적인 태도로 말하고 바란 섀도우 쪽을 바라보았다.

"섀도우 님은 어떻게 생각하십니까?"

바란 섀도우는 잠시 생각에 잠겼다가 입을 열었다.

"그들은 우리를 반기지 않을 겁니다. 우리를 두려워하기 때문이죠."

"지구인들이 왜 우리를 반기지 않는지 물어본 게 아닙니다. 그래서 우리는 뭘 해야 하는지를 알고 싶을 뿐입니다."

그의 선문답 같은 말에 짜증이 난 케이가 차가운 말투로 말했다.

"지구인들과 싸우기라도 해야 합니까?"

그 질문엔 바란 섀도우가 명쾌하게 대답했다.

"전쟁을 치를 필요는 없습니다."

한스-아리아가 얼굴을 찌푸리며 다시 한번 바란 섀도우를 바라보았다.

"좀 명쾌하게 답해주실 수는 없는 건가요? 우린 지금 섀도우 님의 예언만 믿고 제3지구로 향하고 있습니다. 그런데 구체적인 예언을 안 하고 계시니."

언성이 조금 높아졌다.

"아버님 조금만 진정을……."

알렉산드라-아리아가 중간에 끼어들어 분위기를 바꾸려 했다. 그녀는 아버지와 달리 예언을 절대적으로 믿는 쪽이었다.

"제 생각은 전쟁을 해야 한다는 쪽입니다. 검은 강철 무기로 무장한 지금의 군사력이라면 지구 따윈 금방 지배할 수 있을 테니까요."

한스-아리아는 다시 한번 힘주어 말했다. 그는 바란 섀도우의 예언보다 현실적인 해결책을 선호하는 편이었다.

"숨어 지내는 동안 예전 지구의 책들을 읽은 적이 있습니다."

갑자기 바란 섀도우가 엉뚱한 이야기를 시작했다.

"그중에 한 병법서가 있었는데, 거기서 인상 깊은 이야기를 하더군요. '승리 중에 가장 값진 승리는 싸우지 않고 얻는 승리'라고."

"싸우지 않고 이기다니, 그런 궤변이 어디 있습니까?"

"단 한 명!"

하지만 바란 섀도우가 손가락을 내밀며 단호하게 그의 말을 끊었다.

"단 한 명만 희생시켜서 그들을 지배할 수 있다면, 아마 그게 최선이겠죠?"

갑자기 찾아온 적막이 주변을 감쌌다.

"저는 미래를 보았습니다. 믿어주십시오. 우린 싸우지 않고 승리합니다. 물론 한 명의 희생이 있겠지만 어떤 전투보다도 더 적은 피를 흘릴 겁니다."

"그 한 명이 누굽니까?"

디아고가 심각한 표정으로 물었다. 그 한 명이 자신이 될 수도 있다는 생각을 했기 때문이다.

"예언이 비밀인 이유가 있습니다. 모든 예언을 다 말한다면 과연 그것이 실제로 일어날까요?"

그러자 이번엔 아리아 2세가 끼어들었다.

"그렇다면… 그 희생자 한 명이 우리 중에 있는지, 그건 답해주실 수 있나요?"

그 질문을 듣는 순간 모두가 입을 다물고 바란 섀도우를 쳐다보았다. 바란 섀도우는 한동안 고민하더니, 잠시 후 미소를 지으며 대답했다.

"그렇습니다."

5.
떠나는 자, 쫓겨나는 자

회의를 끝내고 숙소로 돌아온 케이는 한동안 볼 수 없었던 아리아 3세가 자신의 숙소에 와 있는 것을 보았다.
"아리아…?"
아리아 3세는 그를 보자마자 달려들어 품에 안겼다.
"여태까지 어디 숨어 있었어? 아니, 왜 사라졌던 거야?"
케이가 그녀를 보듬으며 물었다.
"마음의 준비를 할 시간이 필요했어요. 이곳을 떠날 준비요."
"대체 무슨 얘기야? 이해가 하나도 안 돼."
"꼭 알아야 할 게 있어요. 그걸 알기 위해 떠나려고요."
케이를 바라보는 아리아 3세의 눈에서 눈물이 흘러내렸다.

"하지만 반드시 돌아올 거예요. 당신이 있는 곳으로……."

아리아 3세가 누구보다 강인한 여자라는 건 케이도 잘 알고 있었다. 그런 그녀가 눈물까지 보이면서 얘기할 정도라면 얼마나 굳은 결심이 필요한지 짐작할 수 있었다.

"꼭 돌아와. 기다리고 있을게.".

"걱정 마요. 약속할게요."

그녀는 품 안에서 은색 팔찌를 꺼냈다.

"뭐지, 이건?"

"GPS 시스템이라고 지구인들이 만든 물건인데, 제가 조금 손을 봤어요. 이걸 차고 있으면 당신이 어디에 있든지 제가 위치를 알 수 있죠."

"돌려 말했지만, 한마디로 위치 추적기군."

"맞아요."

케이는 아리아 3세가 건네 준 GPS 장치를 팔목에 찼다.

"무슨 일이 있어도 벗으면 안 돼요."

케이는 과연 약속을 지킬 수 있을지 확신할 수 없었지만 그녀의 표정에 진심이 담겨 있었기 때문에 고개를 끄덕일 수밖에 없었다.

그날 밤, 아리아 3세는 도로시가 타고 돌아온 어머니의 공격선을 타고 전함을 떠났다. 아리아 2세는 떠나는 딸의 뒷모습을 보며 무사히 돌아오라는 말을 몇 번이고 되뇌었다. 그녀가 떠나는 이유가 자신 때문임을 알고 있기에 더더욱 간절해질 수밖에 없었다.

하지만 슬퍼할 시간은 얼마 없었다. 그녀를 비롯한 중앙의회는 또다른 골칫거리에 직면했기 때문이었다. 바로 아란테 가디언의 문란한 생활 때문이었다.

개인의 사생활은 중앙의회가 간섭할 수 있는 문제가 아니었지만 그게 범죄로 연결된다면 문제는 달라진다. 아란테 가디언은 쾌락 추구를 넘어 남녀를 불문하고 강간까지 일삼기에 이르렀다. 그렇게 태어난 사생아들은 결국 사회가 책임져야 할 부담이 되고 있었다.

디아고 공동의장은 이 사태에 대한 해결책을 논의하기 위해 비상회의를 소집했다.

"아란테 가디언을 추방해버리죠."

처음부터 그가 마음에 들지 않았던 알렉산드라-아리아가 제일 먼저 말을 꺼냈다.

"구체적인 방법이 필요합니다. 아란테 가디언이 저희의 말을 순순히 따르진 않을 테니까요."

케이가 신중하게 발언했다.

"그러면 무력으로 제압하는 방법밖에요."

"그를 무력으로 제압하는 게 얼마나 힘든지, 잘 아실 텐데요."

알락산드라-아리아와 케이 사이에 다시 한번 공방이 오갔다.

"하지만 당신이라면, 가능하지 않나요?"

"네, 가능합니다. 이 전함을 모두 박살내고 우리가 우주공간에 떠돌아도 괜찮다면 말이죠."

케이의 말에 모두가 독파이트 때의 기억을 떠올렸다. 그때 두 사람의 싸움에 주변이 모두 초토화 되고 말았는데, 그 정도의 에너지가 전함 안에서 격돌한다면? 아마 대부분이 우주 먼지로 사라지고 말 것이다.

모두의 얼굴에 짙은 근심이 드리워졌다. 그때 바란 섀도우가 손을 들었다.

"괜찮다면, 제가 좀 쉬운 방법을 제안해도 될까요?"

안에 모인 사람들의 시선이 모두 바란 섀도우를 향했다.

"별 거 아니지만 저한테 사람을 재울 수 있는 초능력이 있습니다. 그리 길게는 아니지만, 시간을 벌 수는 있을 겁니다."

"그럼 그를 잠재운 다음 캡슐에 태워 추방하면 되겠군요! 다시 돌아오지 못하게 항로를 고정시켜 놓고요!"

알렉산드라-아리아가 손뼉을 치며 들떠서 말했다.

"그런 방법이 있었군요. 그런데 그런 초능력이 있다는

걸 미리 알려주셨으면, 이런 사태가 발생하기 전에 미리 막을 수도 있었을 것 같은데요."

바란 섀도우를 힐난하듯 한스-아리아가 차갑게 말했다.

"예언의 내용도 제대로 안 알려주시고, 갖고 있는 초능력도 뒤늦게 알려주시는군요."

"죄송합니다. 제가 볼 수 있는 건 먼 미래일 뿐이지, 현재 일어나는 문제에 대해서는 사실 일반인보다도 분석력이 떨어지는 편이죠."

공격을 당한 바란 섀도우는 한 발 물러서듯 말했다.

"자, 그럼 정해진 것 같군요. 바란 섀도우 님께서 아란테 가디언을 재우고, 캡슐에 태워 그를 추방하도록 합시다."

디아고 공동의장이 결론을 내리자 일은 일사천리로 진행되었다. 아란테 가디언은 1인 캡슐 우주선에 태워져 추방되었다. 목적지는 데라크스 후작이 입력해놓은 미지의 행성들 중 하나였다. 다만 정확한 목적지는 컴퓨터에 의해 무작위로 선정되게 해놓았다. 그가 어디에 도착할지 아무도 알 수 없도록.

남아 있는 가디언의 사생아들은 중앙의회에서 거둬 육아센터에서 키우기로 했다. 하지만 케이의 머릿속에는 또 다른 사악한 생각이 꿈틀거리고 있었다.

*

"생각해봐. 너도 가디언의 힘을 경험해봤잖아. 그 힘을 이어받은 아이들이 그렇게 많아서 우리한테 좋을 건 뭐 있겠어?"

카림을 찾아온 케이가 설명했다.

"그래, 네 얘기는 알아듣겠어. 근데 우리가 언제부터 우리였냐?"

"글쎄. 네가 네 배를 잃고 내 배에 탄 순간부터. 우린 사전적인 의미 그대로 '한 배를 탔다'고 봐야지."

케이의 재치 있는 대답에도 카림은 쉽게 넘어가지 않았다.

"예전에도 네가 빚 갚아야 한다고 해서 널 도와줬던 거 기억나? 그것 때문에 얼마나 고생을 했는데……."

"그러니까. 이제 그 대가를 받을 시간이 온 거야."

"……?"

"이 일을 해주면 제3지구에서 모든 군대를 통솔할 사령관 자리를 주지."

그 말을 들은 순간 카림은 귀를 의심했다.

"네가 그걸 나한테 줄 수 있다고?"

"원래 내가 받기로 약속된 자리잖아. 하지만 이 일에 협력해준다면 내가 너한테 그 자리를 넘겨주겠다고."

카림은 여전히 믿을 수 없었다. 그는 케이에 대해 너무 잘 알았다. 그가 자신의 권력을 나누거나 넘겨줄 사람이 아니라는 것도.

"나한테 사령관을 넘겨주면, 너는 어떤 자리를 차지할 생각이지?"

나는 황제가 될 거야, 케이는 그렇게 대답하고 싶었지만 입 밖으로 내지는 않았다.

"총사령관의 자리면 너한테 충분하지 않나? 내가 무슨 자리에 가든 무슨 상관이야. 됐어, 하기 싫으면 마."

카림은 케이의 제안이 마음에 썩 차진 않았지만 입 밖에 낸 이상 케이가 약속을 지킬 거라는 건 알았다. 또한 아란테 가디언의 사생아들이 자라면 훗날 자신에게 위협이 될 거라는 것도 틀림없는 사실이었다.

검은 강철을 가지고 돌아온 날, 케이는 자신에게 환호하는 군중들을 보며 황제의 꿈을 꾸기 시작했다. 그는 죽지 않는 불사신의 몸을 가지고 있었고, 동시에 사람들의 지지를 등에 업고 있었다. 그리고 지금처럼 카림을 비롯한 중앙의회 인물들을 주무를 수 있는 정치력도 가지고 있었다. 그리고 지금 그가 카림과 하려는 일은 그 길로 가기 위한 장애물을 없애는 아주 기본적인 작업이었다.

*

결국 카림은 계획에 협력하기로 했다.

한밤중, 두 사람은 복면을 쓰고 정체를 숨긴 채 보육시설에 잠입했다. 그리고 그중 아란테 가디언의 아이들을 찾아 한 명씩 영원히 잠재우기 시작했다. 저항할 의지도, 힘도 없는 나약한 존재들이었지만, 케이에겐 미래의 위험으로밖에 보이지 않았다. 얼마 후, 아이들은 모두 울음을 멈추고 우주 공간을 떠돌아다니게 되었다.

다음 날, 간밤에 일어난 사건에 대한 중앙의회의 진상조사가 이루어졌다. 케이와 카림은 자신들의 행동을 들킬까봐 긴장했으나 조사는 생각보다 훨씬 허술했고, 유야무야 미제 사건으로 분류되기까지 했다.

다행이었지만 케이는 왜 의원들이 이 문제에 대해 철저하게 규명하지 않는지 그것만큼은 궁금증으로 남았다.

그 궁금증을 풀어준 것은 다름 아닌 알렉산드라-아리아였다.

"당신이 한 짓이죠?"

회의가 끝나고 숙소로 향하는 길, 알렉산드라가 물었다.

"무슨 소린지 모르겠군요."

"우리 중 그런 일을 벌일 만큼 대담한 사람은 당신밖에 없죠. 내 말이 틀린가요? 사실 나도 당신과 똑같은 생각을 했어요. 아란테 가디언의 힘을 이어받은 아이들이 자라면, 나중에 우리들이 나눠가질 권력에 장애물이 되지 않을까?"

알렉산드라는 케이가 자신을 무시한다는 사실 따위는 전혀 신경 쓰지 않았다.

"재밌는 사실 알려줄까요? 사실 거기 모인 의원들 중 대부분은 당신과 똑같은 생각을 하고 있을 거예요. 그중에 생각을 행동으로 옮길 만한 사람은 당신밖에 없었지만요."

그때까지 짐짓 태연한 척하던 케이도 그 말을 듣고는 놀랄수 밖에 없었다.

한편 아란테 가디언을 태운 캡슐 우주선은 칼루쏘 거인족들이 사는 행성에 도착했다. 거인족들은 아란테 가디언의 캡슐을 보자마자 그를 공격했다. 칼루쏘 부족은 겁이 많지만, 공격을 받는 순간에는 매우 거칠어지는 종족이다.

그러나 아란테 가디언은 힘으로 그들을 제압했다. 심지어 다른 거인족들보다 덩치도 크고 힘도 센 칼루쏘 부족의 왕도 결국 가디언이 가진 기프트의 힘 앞에선 무릎을 꿇어야만 했다.

Part 4. Forbidden Planet

1.
비밀을 찾아서

 아리아 3세가 탑승한 공격선은 황량한 사막으로 이루어진 마그네타 행성의 대기권으로 진입했다. 지상에서는 모래바람이 거칠게 불어오고 있었다. 공격선은 지대가 높고 절벽으로 가파른 언덕에 착륙했다. 아리아 3세는 천으로 얼굴을 가리고 보호고글을 착용한 채 기체에서 내려 어느 작은 마을에 도착했다. 그때 어디선가 비명이 들려왔다. 소리가 난 쪽으로 급하게 뛰어가자, 머리가 두 개 달린 거대한 파충류가 주민들을 공격하고 있었다.
 아리아 3세는 빛의 검을 꺼내서 파충류의 머리 두 개 중 하나를 잘랐다. 그러자 놈이 남은 머리에 있는 날카로운 이빨로 그녀를 공격했지만 공격을 피한 그녀는 나머지 머리를 하나 더 잘랐다. 하지만 잘린 머리에서 금세 또 하나의 머리가 자라났다.

재생을 끝내자 놈은 더욱 격렬하게 달려들었다. 아리아 3세는 이번엔 빛 에너지를 응축시켜 발사했다. 그러자 거대 파충류는 이내 소멸하고 말았다.

"빛의 전사……?"

주민 중 한 명이 아리아 3세의 기프트를 알아보고 그녀에게 다가왔다. 그러자 다른 주민들도 자신들의 언어로 웅성거리며 모여들었다.

"저기… 혹시 여기가 마후카 마을인가요?"

아리아 3세는 모여드는 사람들을 보고 물었다.

"마후카?"

그녀의 이야기를 들은 주민들이 다시 자신들끼리 이야기를 나누다가, 마침내 젊은 여자 한 명이 나서서 말했다.

"족장님을 찾으시는 것 같은데요……."

"네?"

"저희 마을의 이름은 바쿰입니다. 마후카는 족장님의 성함이에요."

그녀와 이야기를 나누고 있는 사이, 다리를 절뚝이는 노인이 다가와 아리아 3세의 손을 잡았다. 아리아가 손을 빼려고 했지만, 노인은 놓아주지 않았다.

"빛의 전사……."

노인은 낮은 목소리가 울렸다.

"당신의 그 능력… 저희 할머니가 예전에 보신 적 있다고 하시는군요."

젊은 여인은 아리아 3세의 언어를 구사할 수 있는 모양인지, 그녀가 노인의 말을 통역해서 전해주었다.

"그런가요……?"

아리아 3세가 고글을 벗고 얼굴을 드러내 보였다. 그러자 노인은 더더욱 놀랐다.

"아리아! 빛의 전사!"

노인은 반가운 표정으로 다가와 그녀의 얼굴을 어루만지며 끊임없이 무언가를 중얼거렸다.

"예전에 봤던 빛의 전사와 무척 닮았다고 하시네요."

"아마 제 어머니를 말씀하시는 것 같습니다."

아리아 3세는 어릴 적 어머니가 마그네타 행성 사막에 위치한 마후카라는 원시 부족과 함께 머무르며 그곳 출신 보모에게 도움을 받았다는 이야기를 들은 적이 있었다.

'마후카는 마을 이름이 아니라 보모 이름이었어.'

그녀는 자신이 찾고 있는 비밀의 단서가 이곳에 있다는 것을 확신했다.

"족장님을 뵙고 싶은데요."

아리아 3세가 젊은 여인을 바라보며 말했다.

바쿰 마을은 어느 행성에서나 찾아볼 수 있는 평범하고 조용한 시골 마을이었다. 아리아 3세는 외양간 쪽으로 데려가는 젊은 여인을 따라가 들소 같은 짐승을 보며 물었다.
"저 짐승은 뭐라고 부르나요?"
"투란이에요. 온순한 동물인데 화가 나면 제법 사나운 편이죠."
"제가 아까 죽인 그 괴물은요?"
"탕카입니다. 사막에 있는 건 닥치는 대로 먹어치우죠. 지난 몇 년간 안 보였는데 최근 다시 출몰하기 시작했어요."
그때 뒤쪽에서 어떤 중년 남성이 다가와 말을 걸었다.
"외지인은 본인의 신분을 밝혀주세요."
"안녕하세요, 보안관님."
함께 있던 젊은 여인이 그에게 인사를 하더니 그들의 언어로 무언가 한참 이야기를 나누었다.
"족장님이 지금 몸이 좀 불편하시다네요. 우선 주민들과 함께 상의한 후 말씀해주신대요."
보안관은 아리아 3세를 힐끗 보곤 몇몇 주민들과 함께 회관 쪽으로 사라져버렸다.
"먼 길을 오셨을 텐데… 족장님을 못 뵙고 돌아가시게 되면 어떡하죠?"

"괜찮습니다. 불청객을 경계하는 건 어찌 보면 당연한 일이죠."

아리아 3세는 젊은 여인에게 예의 바르게 대답했다.

*

날이 어두워질 무렵, 아리아 3세는 젊은 여인을 따라 동굴들이 빼곡한 언덕으로 향했다. 각 동굴마다 가족을 이룬 부족민들이 살고 있었다.

동굴 주변에서 놀던 어린아이들이 아리아 3세를 신기하다는 듯 바라보았다.

"아마 당신처럼 새하얀 피부를 가진 사람을 처음 봐서 그럴 거예요."

젊은 여인이 아이들의 무례를 사과하듯, 아리아에게 말해주었다.

"시장하실 텐데 같이 식사해요."

아리아를 자신의 동굴로 안내한 그녀는 죽을 가져와 아리아 3세에게 권했다. 주변을 보니 다른 사람들도 모두 같은 요리를 나누어 먹는 듯 했다.

"입맛에 맞으실지 모르겠네요."

젊은 여인에게 감사를 표한 아리아는 죽을 한 입 떠서

입에 가져갔다. 톡 쏘는 독특한 맛이 났다.

"맛이 참 특이하네요. 뭘로 만든 거죠?"

질문을 들은 젊은 여인은 잠시 대답을 망설였다.

"편견을 갖지 말고 들어주시면 좋겠네요."

"그럼요. 우주에는 다양한 문화가 있고, 저마다의 식문화는 존중되어야……."

"투란의 배설물로 만들었어요."

"배설물 이라면……?"

"정확히는 똥이죠."

아리아 3세는 숟가락을 든 상태로 돌처럼 굳어버렸다.

"투란은 마그네타 행성의 모래를 주식으로 먹어요."

젊은 여인은 모래를 한 주먹 쥐어 아리아에게 보여주었다.

"이 모래는 다른 행성의 것과는 완전히 달라요. 안에 철, 아연, 마그네슘, 미네랄까지 대부분의 영양소가 들어 있어요. 자세히 살펴보면 모양부터 완전히 다를 거예요."

주변이 어둡긴 했지만 확실히 다른 모래들과는 뭔가 달라 보였다. 다른 행성의 모래처럼 노란색이 아니라 여러 색이 오묘하게 섞여 있는 것 같았다.

"물론 입자가 아주 단단해서 이걸 바로 먹을 순 없죠. 그런데 투란의 장을 통해 소화되고 나면 부드러운 질감으로 변해요."

이야기를 들은 아리아 3세는 신기하다는 듯이 투란이 있는 목장 쪽을 바라보았다. 두 마리의 투란이 소리를 내며 서로 머리를 부딪치고 있었다.

"수컷들이에요. 저렇게 싸우면서 자신의 힘을 과시하는 거죠."

흥미가 생긴 아리아 3세는 본격적으로 언덕에 나와 투란의 싸움을 구경했다. 하지만 곧 목장 관리인이 다가와 두 투란을 분리했다. 그중 한 마리는 관리인에게 거칠게 저항하고 있었다.

"다루기가 쉽진 않은 짐승이네요."

"원래 저렇게까지 공격적이진 않은데, 탕카 때문에 스트레스를 많이 받은 것 같아요."

그때, 화가 난 투란 한 마리가 결국 목장 관리자를 치고 울타리를 넘어 달아나고 말았다.

멀리서 보기에도 위험해 보였다. 화가 난 수컷 투란은 아이들과 주민들이 모여 있는 구역으로 빠르게 질주했다.

아리아 3세가 벌떡 일어나 언덕 아래로 뛰어 내려갔다. 다행히 그녀는 투란보다 먼저 주민들 곁에 도착할 수 있었다. 그녀는 달려오는 투란을 향해 빛 에너지를 방출했다.

그녀의 몸에서 나온 빛 에너지는 부드러운 천처럼 넓게 퍼지더니 투란의 몸을 조심스럽게 감쌌다. 그러자 투란은 질주를 멈추고 진정하기 시작했다. 아리아 3세는 천천히 걸어오는 투란 앞으로 다가가 머리를 쓰다듬었다.

"불안해하지 마. 괜찮을 거야."

아리아 3세는 투란과 감정을 소통하고 있었다.

"어떻게 하신 거예요?"

뒤늦게 달려온 젊은 여인이 숨찬 목소리로 물었다.

"빛 에너지는 단순한 공격용이 아니에요. 저희 가문의 사람들은 동물과 소통할 수 있는 능력도 가지고 있답니다. 물론 모든 동물들이 다 가능한 건 아니고요. 탕카 같은 소통이 불가능한 짐승들은 방법이 없죠."

그때, 아까 보았던 보안관이 나타나 젊은 여인에게 말을 전했다.

"허가가 났대요. 보안관님을 따라가시면 족장님을 만날 수 있습니다."

젊은 여인이 기쁜 표정으로 말했다.

마후카 족장이 사는 동굴 안은 따뜻했다. 그녀는 나이가 많아 몸을 거의 움직이지 못하고 시력도 잃은 상태라, 다른 수행원들의 간호를 받으며 생활하고 있는 것 같았다.

"아리아의 딸이 왔다고?"

동굴 안쪽에서 힘없는 목소리가 들려왔다.

"이리로 와. 내 손을 잡게."

마후카 족장이 손을 내밀었다. 아리아 3세는 그녀에게 다가가 주름 가득한 손을 잡았다.

"헉!"

마후카의 손을 잡는 순간 무언가가 그녀의 기억을 빨아들이는 느낌이 들었다. 마치 머릿속 정보들이 신경망을 타고 어딘가로 흘러가는 듯했다.

"제 기억을 보신 거군요?"

마후카 족장은 말없이 고개를 끄덕였다.

"제가 이곳에 온 이유도 알고 계신 거고요?"

"정말로… 아버지가 누군지 알아야 할까?"

"네."

"그걸 알게 된다면 다신 모르는 때로 돌아갈 수 없네. 그래도 괜찮은가?"

"네."

그러자 마후카 족장은 다시 손을 내밀었다. 아리아가 손을 잡자 이번엔 역으로 마후카 족장의 기억이 그녀의 머릿속으로 밀려들기 시작했다.

처음엔 모르는 여성들의 모습이 희미하게 보였지만, 시간이 흐를수록 보이는 장면이 더 구체적이고 뚜렷해졌다. 마후카 족장의 기억이 그대로 전송되는 것이기 때문에 처음 보는 사람도 있었지만 자연스럽게 그의 정체까지 알 수 있었다.

　아리아 3세가 처음 본 장면은 젊은 시절의 마후카 족장과 손을 잡고 있는 할머니 아리아 1세였다. 잠시 후 그 옆에 어머니인 아리아 2세도 나타났다.

　갑자기 한쪽 구석에서 젊고 아름다운 여성 한 명이 등장했다. 그녀는 마그네타 출신의 여성으로 할아버지 케일 마그네타-아리아의 조카라고 했다. 그녀의 이름은 하루키미노였다.

2.
추악한 진실

페르다 왕국 건립에 앞장선 아리아 1세는 젊은 시절을 모두 전쟁에 바쳤다. 그러다 보니 전쟁이 끝난 후에도 삶을 함께할 사람을 구하지 못해 그녀는 평생 독신으로 살았다.

하지만 그녀 역시 가문을 이어야 할 의무를 피하진 못했다. 늦은 나이에 마그네타 행성의 귀족인 케일 마그네타와 혼인했고, 아리아 2세를 낳았다.

한낱 시골 행성의 귀족 출신이었다가 한순간에 위세 있는 가문의 수장 자리로 올라선 케일 마그네타-아리아는 친족들을 모두 페르다 왕국으로 이주시켰다. 비극의 시작이었다.

이때 함께 이주한 케일 마그네타-아리아의 친족 중엔 조카인 하루키미노도 포함되어 있었다. 그리고 그녀에겐 어두운 비밀이 하나 있었는데, 어릴 때부터 숙부인 케일-마그네타에게 성적으로 착취당했던 것이다. 케일 마그네타-아리아의 결혼 후 더이상 그런 일은 없을 거라 생각했으나, 그녀의 부모님이 딸을 데리고 페르다 왕국으로 이주하자 그녀는 또다시 끔찍한 밤을 겪게 되었다.

계속되는 숙부의 겁탈에 정신적으로 황폐해지던 하루키미노에게 어느 날 아리아 2세가 다가왔다. 나이는 하루키미노가 더 많았지만 그녀는 정신적으로 성숙한 아리아 2세를 동경했고 두 사람은 곧 사랑하는 사이가 되었다.

하루키미노와 정신적, 육체적으로 깊은 관계를 맺으며 그녀의 어두운 비밀도 알게 된 아리아 2세는 아버지의 만행을 어머니에게 알렸고, 어머니는 분노하며 남편의 죄를 추궁했다. 그녀는 이혼하고 케일 마그네타-아리아를 가문에서 추방시킬 계획이었지만 한발 빠른 케일 마그네타-아리아는 아무도 몰래 아내를 독살하고 만다.

비로소 가문의 권력을 독차지하게 된 케일 마그네타-아리아는 더욱 폭주하기 시작했다. 하루키미노뿐 아니라 딸에게까지 검은 손을 뻗친 것이다. 그는 아예 딸과 조카를 성에 감금 시킨 뒤 성 노리개로 삼고 괴롭히기 시작했다.

케일 마그네타-아리아가 한스-아리아에 의해 살해당한 것은, 아이러니하게도 아리아 2세와 하루키미노에게는 구원이었다. 덕분에 두 사람은 다시 자유를 얻을 수 있게 되었지만, 두 사람은 모두 아이를 임신한 상태였다.

원래 마그네타 귀족 가문의 하인이었던 마후카는 예전에 하루키미노와 아리아 2세의 보모 노릇을 한 적이 있었다. 이것이 연이 되어 성을 빠져나온 두 사람은 다시 마후카 보모의 보살핌을 받을 수 있었다. 그리고 다른 동료들과 함께 마그네타 행성의 바쿰 부족에게로 돌아갔다.

마후카와 함께 부족 생활을 시작한 아리아 2세와 하루키미노는 일생에서 가장 행복한 몇 달을 보냈다. 둘은 아이들을 함께 키우며 남은 여생을 보낼 생각이었다.

하지만 운명은 그들에게 오랜 행복을 허락하지 않았다. 하루키미노가 아들을 낳다가 과다 출혈로 사망한 것이다. 몇 달 후 아리아 2세도 딸을 출산했지만 그녀의 마음 속에 하루키미노의 빈자리는 날이 갈수록 커져만 갔다. 특히 자신이 낳은 것이 딸이자 동생이라는 피할 수 없는 진실은 더더욱 그녀를 괴롭히며 깊은 우울증의 수렁에 빠트렸다.

마후카는 아리아 2세의 불안한 정신 상태를 우려했지만, 그녀가 딸과 함께 하루키미노의 사내아이를 보살피며 조금씩 안정을 찾아가고 있다고 생각했다.

하지만 남자아이가 4살이 되었을 때, 아리아 2세는 문득 그 아이에게서 아버지의 모습을 발견하고 말았다. 생각해보면 그 아이는 케일 마그네타와 하루키미노 사이에서 태어난, 아리아 가문의 피가 전혀 섞이지 않은 아이였다. 물론 사랑했던 연인의 아이이기는 했지만, 아리아 2세는 그 아이에게 혈연이란 인식을 가질 수 없었고, 아이를 보살피던 따뜻한 마음이 증오로 변질되어 버렸다.

결국, 우울증과 끔찍한 강박관념이 겹쳐져 비극적인 사건이 일어나고 말았다. 어느 새벽, 아리아 2세가 남자아이를 사막으로 데려가 탕카에게 던져버린 것이다. 남자아이는 산 채로 탕카에게 잡아먹혀야 했다.

그 사실을 안 바쿰 부족의 족장은 부족의 규칙에 따라 처형될 위기에 처했다. 그녀가 외지인이라는 점, 그리고 심각한 우울증을 앓고 있었다는 점이 참작되어 목숨은 건질 수 있었지만 대신 바쿰 부족의 마을에서 추방되어야만 했다.

세 살배기 아이를 데리고 그녀가 갈 수 있는 곳은 어디에도 없었다. 또 한번 마후카의 도움을 받아 그녀는 페르다 왕국으로 돌아가는 수송선에 올랐다.

그러나 그녀가 가문으로 돌아왔을 땐 모든 것이 변해버린 후였다. 가문을 이끄는 것은 데라크스 후작의 신임을 얻은 한스-아리아였고, 이후 그의 딸인 알렉산드라-아리아에게로 옮겨가며 권력은 더더욱 견고해졌다.

마후카 족장을 통해 모든 것을 알게 된 아리아 3세는 충격에서 헤어나오지 못하고 있었다. 정말로 알고 싶지 않은, 알아서는 안 되는 기억이었다. 그러나 이젠 되돌릴 수 없는 일이었다.

온몸이 떨리고 식은 땀이 흘렀다. 마후카 족장의 눈에서도 눈물이 흘러나왔다.

"미안하다. 하지만 네가 본 것은 모두 사실이란다."

혼란을 견디지 못한 아리아 3세는 벌떡 일어나 사막을 향해 무작정 달렸다. 넘치는 분노를 이렇게라도 떨쳐내지 않으면 그 자리에서 죽어버릴 것 같았다.

사막 한가운데에 이르렀을 때 먹잇감을 감지한 탕카들이 몰려와 그녀의 주변을 감쌌다. 그녀는 마치 기다렸다는 듯 자신의 몸에 쌓여 있는 분노의 기운을 모아 빛의 에너지를 사방에 발산했다. 순간 온 세계가 하얀 빛으로 뒤덮이며 거대하고 밝은 기둥이 솟아올랐다. 반경 몇 킬로미터에 있는 모든 생명체가 소멸하고 사막에는 거대한 웅덩이가 생겼다. 그리고 모든 것을 폭발시킨 아리아 3세는 그대로 의식을 잃고 쓰러졌다.

*

 몇 광년이 떨어진 곳에선 두 대의 전함이 제3지구를 향해 항해를 계속하고 있었다. 그중 한 대에 탑승한 아리아 2세는 전함 내 바에 앉아 우주 공간을 하염없이 바라보고 있었다.
 "뭘 그리 한참 동안 바라보십니까?"
 바란 섀도우가 어느새 그녀의 앞에 앉아 말을 걸었다.
 "글쎄요. 제가 뭘 보고 있는지 모르겠네요."
 "아무것도 보이는 게 없으니까요."
 "네?"
 "우주 공간은 암흑 물질로 덮여 있습니다. 그곳을 아무리 지켜본다고 해도 기다리는 사람은 나타나지 않아요."
 아리아 2세는 바란 섀도우의 말에 뭔가 아픈 곳을 찔린 느낌이 들었다.
 "저한테 무슨 할 말이 있으신가요?"
 바란은 고개를 끄덕였다.
 "일단 궁금해하시는 부분부터 말씀드리죠. 따님은 돌아올 겁니다. 그러니까 이렇게 아무것도 보이지 않는 공간을 하염없이 바라보는 건 그만하셔도 됩니다. 그리고… 하시던 일을 계속하셨으면 좋겠습니다. 제3지구에 도착해서도……."

"제가 하던 일이라면?"

"과학에 대한 연구 말입니다. 당신이 이끄는 가문의 큰 업적 중 하나라고 알고 있습니다만."

아리아 2세는 문득 이런 대화가 불편했다. 바란 섀도우가 예언자라지만, 무슨 권리로 자신의 일에 간섭하는 것일까?

"제가 마치 하던 일을 관둘 것처럼 말씀하시네요?"

"요즘 계속 우울해 보이십니다. 중앙의회 회의에도 불참하고 여러 일을 소홀히 하는 모습도 보이죠. 아마 따님 때문에 모든 일에 의욕을 잃고 계신 거, 아닙니까?"

"……."

"다시 말씀드리지만 따님은 다시 돌아옵니다. 이미 들으신 예언대로 따님께서 아리아 가문을 다시 일으킬 것입니다."

"당신이 어떻게 그걸…?"

아리아 2세는 다른 예언자가 전한 비밀스런 예언을 바란 섀도우가 알고 있다는 사실에 깜짝 놀랐다.

"섀도우 가문의 예언자들은 기프트를 받을 때 전 예언자의 기억들도 이어받습니다."

"그렇군요. 그렇다면 그 예언의 두 번째 구절도 알고 계시겠군요. 루나벤켄도르 가의 어둠이 가문의 영광을 더럽

힌다는 구절… 혹시 그게 의미하는 건 무엇인지 알 수 있을까요?"

"글쎄요… 확실한 건 당신의 딸이 당신이 하던 일을 이어갈 거라는 사실입니다. 그러려면 멈춰선 안 돼요. 그래야 당신의 딸이 아리아 가문을 일으킨다는 예언이 실현되는 걸 볼 수 있을 겁니다."

물론 두 번째 구절이 무엇을 의미하는지, 바란 섀도우는 정확히 알고 있었다. 바란은 그에 대한 대답을 교묘하게 회피했다. 그의 복수를 위해선 아리아 2세가 자신의 일을 꼭 이어가야만 했다. 하지만 두 번째 구절의 의미를 알게 된다면, 마음을 바꿀 수도 있었다. 그건 바란이 원하는 바가 아니었다.

아리아 2세와 대화를 끝낸 바란 섀도우는 이번에는 히타노 함장을 찾았다.

"제가 전에 했던 말 기억하십니까? 희생을 최소화해서 제3지구에 접근할 수 있다는 말?"

"네."

"이제 때가 온 것 같군요."

바란 섀도우는 주변을 둘러본 뒤 조용한 목소리로 히타노에게 말했다.

"조만간 제3지구에 운석이 떨어집니다. 아주 작은 운석이라 큰 영향을 끼칠 정도는 아니지만… 우리를 레이더로부터 감춰줄 정도는 되죠."

"네? 그 말씀은……."

"몇 명만 뽑아서 운석 뒤에 숨은 뒤 침투하는 겁니다. 운석은 아무도 살지 않는 사막에 떨어질 거라 지구인들도 의심하지 않을 겁니다."

히타노는 그 얘기를 듣고 생각에 잠겼다. 확실히 제일 효과적인 작전인 것은 분명했다.

"중앙의회와는 이 내용을 공유하셨나요?"

"당연하죠."

바란 섀도우는 고개를 끄덕였다. 히타노도 긍정적인 표정이었다.

"운석이 지나가는 시기는 대충이라도 언제쯤인지 알 수 있을까요?"

"7일 이내입니다. 늦기 전에 출발하고 전함은 일을 마칠 때까지 우주에서 대기하세요."

섀도우가 세운 작전을 두고 한스-아리아는 딸인 알렉산드라-아리아와 의견을 나누었다.

"정말 그 말대로 할 거야?"

"모든 게 예언대로 흘러가고 있잖아요. 저는 섀도우 님을 믿는 게 맞다고 생각해요."

알렉산드라의 말을 들은 한스-아리아는 다시 고민에 빠졌다.

"여전히 예언을 믿지 않으시는군요."

"나는 내가 만드는 미래 외에는 아무것도 믿지 않아."

"그렇다면 아버지는 다른 계획이 있으신 거예요?"

"난 그곳 통치자를 만나 협상하고 싶어. 아니면……."

말을 꺼내기 전 한스-아리아는 잠시 망설였다. 이 이야기를 꺼내면 딸이 반대할 게 뻔했기 때문이다. 하지만 이 방법이 최선일 가능성도 있었다.

"데라크스 후작과 다시 손을 잡는 것도 방법이야."

"아버지! 우리가 왜 여기까지 왔는지 잊으셨어요?"

"장사꾼은 누구라도 배신할 수 있어. 또 누구와도 다시 손을 잡을 수 있지. 이걸 아는 자만이 우주에서 살아남을 수 있다."

하지만 알렉산드라-아리아는 그의 생각이 전혀 마음에 들지 않았다.

"네가 좋든 싫든 상관없다. 어차피 의회와 의논할 문제도 아니야. 내가 알아서 하마."

"갑자기 왜 그런 생각을 하게 되신 거죠?"

딸의 물음에 한스-아리아는 잠시 생각에 잠겼다. 그는 왜 자신이 지금의 계획을 후회하게 되었는지 정확하게 알고 있었다. 하지만 그 이유를 딸에게 이야기했을 때 딸이 이해할 수 있을지 확신이 서지 않았다. 지금 자신의 눈앞에 있는 딸은 적어도 예전에 자신이 신뢰하던 딸과는 다른 존재라고 생각했기 때문이다.

"넌, 케이의 태도가 변한 걸 못 느끼느냐?"

"네? 그게 무슨 말씀이신지······."

"역시 사랑에 눈이 멀어 총기가 흐려졌구나."

한스-아리아는 한숨을 내쉬었다.

"내가 널 데라크스 후작에게 보낸 이유가 뭔지 아느냐? 그건 너에게 특별한 능력이 있었기 때문이다. 언제, 어느 상황에서든 권력을 가진 사내들을 휘두를 수 있는 힘이."

"그런데 지금은 제가 변했다는 건가요?"

"그래."

매정하지만 그는 자신이 느끼는 대로 정확하게 말했다.

"너는 지금 케이가 무슨 일을 꾸미고 있는지··· 그 검은 속셈을 보지 못하고 있어. 그자는 결국 우리 모두의 위에 서려고 할 거다."

"아버지······."

"처음부터 말려야 했는데! 그렇게 반대해도 기어이 그

천민 사생아 놈을 의원 자리에 앉히고… 그놈 손에 권력을 갖다 바치려고…….”

한스-아리아는 그 말만 남기고 밖으로 나가버렸다.

혼자 남은 알렉산드라-아리아는 혼란스러운 상태로 그 자리에 우두커니 서 있었다. 그녀가 가장 두려워하면서도 존경하는 사람이 바로 양아버지 한스-아리아였던 것이다. 세상의 모든 남자에게 온갖 권모술수를 부리면서도 그의 명령은 단 한 번도 어긴 적 없을 정도로 그는 그녀에게 중요한 존재였다. 하지만 지금 그가 하려는 일은…….

'안 돼. 데라크스와 다시 손을 잡는다는 건 꿈도 꿀 수 없어.'

그녀는 지금 태어나서 처음으로 한스-아리아와 대립해야 하는 상황에 놓여 있었다.

3.
분열의 시작

아리아 3세는 동굴 안에서 눈을 떴다.

"안심하세요. 제가 정신을 잃은 당신을 데려왔어요."

희미했던 시야가 또렷해지자 바쿰 마을의 젊은 여인이 아리아 3세의 눈에 들어왔다. 그리고 주변에서는 다른 부족 주민들이 그녀가 깨어나자 기쁜 듯 들뜬 목소리로 이야기를 나누고 있었다.

"엄청난 폭발이 있었어요. 무사해서 다행이에요."

"신세를 졌네요."

"아니예요. 족장님께서 당신이 여기에 머물 수 있도록 허락했어요. 여기에 머무르는 이상 당신은 우리의 가족입니다."

아리아 3세는 비틀거리며 일어서서 젊은 여인과 마을

주민들에게 감사를 표했다.

그녀는 바쿰 마을에서 몇 주를 머물렀다. 그러는 사이 마후카 족장이 영원히 눈을 감았다. 뭔가 해야 할 일이 남은 것처럼 오랜 기간 목숨의 끈을 놓지 못했던 족장은 이젠 자신의 일이 끝났다는 듯 평온한 얼굴로 눈을 감았다.

아리아 3세도 장례식에 참석해 그녀의 마지막을 함께 했다. 검은 천으로 덮인 그녀의 몸은 마을 장례식장에서 불에 태워졌다. 바쿰 마을의 부족민들은 죽은 육체를 태우면 그 연기가 하늘로 올라가 영혼이 영원한 자유를 얻는다고 믿었기 때문이다. 아리아 2세가 보기에도 그날밤 하늘 위로 날아오르던 연기는 무척 가볍고 자유로워 보였다.

한스-아리아는 자신의 방에서 조용히 홀로그램 통신장치를 꺼냈다. 그 누구도 알면 안 되는 비밀스런 통화였다.

"지금 자네의 좌표를 알려주면 안 되겠나? 내가 바로 찾아갈 텐데."

통신장치의 홀로그램 모니터에 떠 있는 얼굴은 다름 아닌 데라크스 후작이었다.

"아직 그건 불가능합니다."

한스-아리아가 가지고 있는 통신장치는 특수한 알고리즘으로 암호화되어 위치 추적을 불가하게 만든 것이었다.

"우리가 관계를 다시 회복하려면 신뢰가 필요해. 아무것도 주지 않으려고 하면 내가 자네를 어떻게 믿는단 말인가?"

"저는 애초부터 등을 돌린 적이 없습니다. 후작 님의 명령을 받고 개척지 개발을 위해 함선에 올랐을 뿐입니다. 이걸 배신이라고 하시면 안 되죠."

데라크스의 회유에도 한스-아리아는 중심을 잃지 않고 철저하게 실리를 추구하는 협상을 해나갔다. 명분만 놓고 따지자면 애초부터 데라크스가 자신의 마음에 들지 않는 이들을 제거하려고 벌인 일이었고 심지어 해적까지 동원했으니, 그걸 정면으로 따진다고 그가 얻을 수 있는 건 없었다.

그는 자신이 가진 카드들을 이용해 데라크스와의 대화에서 유리한 고지를 점하려고 했다.

"하지만 중간에 연락을 끊고 멋대로 항로를 바꿔버린 건 어떻게 설명할 건가?"

"말씀드렸지만, 그건 제 의도가 아니었습니다. 더군다나 다들 해적에게 공격당해 겁에 질려 있었고요. 말이 나온 김에, 어떻게 해적들이 저희의 항로를 알고 기다리고 있었는지 알아봐주실 수 있습니까?"

홀로그램 모니터에 나타난 데라크스의 얼굴이 순식간에 굳어버려서, 한스-아리아는 화면이 멈춘 것이 아닌가 의심이 들 정도였다. 한참 동안 같은 표정으로 침묵하고 있던 데라크스는 이내 억지 웃음을 지으며 다시 이야기를 시작했다.

"지난 이야기는 해서 뭐 하겠나. 이제 다시 함께하게 된 게 중요하지. 그래서 우리 관계를 어떻게 회복할지, 방법은 생각해봤나?"

"만나서 얘기하시죠. 제가 소형 비행정을 타고 몰래 빠져나가겠습니다. 적당한 장소를 마련할 수 있을 겁니다."

"좋아. 최고급 술을 가져가겠네."

한스-아리아가 사용하는 통신기는 도청 방지 장치가 되어 있었지만, 알렉산드라-아리아가 그의 숙소에 도청기를 장착해서 엿듣는 구식 방법까지 피할 수는 없었다.

그와 데라크스 후작의 대화 내용을 모두 들은 알렉산드라-아리아는 그녀가 우려했던 일이 현실화되었다는 사실에 괴로웠다. 이렇게 된 이상, 이제 그녀와 아버지는 다른 길을 걸어야 할 것이다.

*

케이와 미스터 창, 도로시, 히타노는 소형 공격선에 탑승해 바란 섀도우가 말한 좌표를 향해 출발했다. 이번엔 함장이었던 히타노가 작전에 투입되었기 때문에 당분간 노라스단테 5세가 임시 함장을 맡게 되었다.

"이제 출발하네요."

모니터를 바라보던 디아고가 말한 뒤 자기 옆에 앉아 말 없이 그 모습을 바라보던 바란 섀도우에게 물었다.

"섀도우 님께서 말씀하신 그 희생자 말입니다. 그게… 저들 중 한 명인 거죠?"

"맞습니다."

원하는 대답을 들은 디아고는 흐뭇한 미소를 지었다. 적어도 자신은 희생자가 아니라는 것을 확인했기 때문이다.

소형 공격선은 히타노가 예상한 좌표대로 향했고, 정확히 그 위치에 있는 운석의 뒷편에서 날아갔다.

"솔직히 그 예언이라는 거 반은 안 믿었는데, 지나가는 시간까지 정확하게 예측하다니 섀도우 가문의 능력이 대단하긴 한가 보네요."

히타노는 새삼스레 섀도우의 능력에 감탄했다.

"그나저나 급하게 출발하느라 브리핑할 때 중요한 내용을 하나 빼먹었습니다."

"뭔가?"

케이가 물었다.

"제3지구 사막에 아주 위험한 생명체가 하나 살고 있다고 합니다. 아구라라고……."

"아구라? 이름부터 별로 마음에 들지 않는 걸."

이번엔 도로시가 끼어들었다.

"이걸 들으면 더 마음에 안 드실 걸요. 사막 위를 걷는 건 모두 다 집어삼키는 거대한 괴물이랍니다."

그 말을 듣는 순간, 공격선 안이 조용해졌다.

"죽이는 방법은?"

"그런 건 알려져 있지 않고요. 자료에 따르면 이렇게 적혀 있습니다."

"……?"

"아구라를 만나면 무조건 도망쳐라."

공격선 안의 분위기가 또다시 어두워졌다.

"괜찮아. 우리 몸에는 테라륨이 흐르고 있으니, 어떻게든 되겠지."

도로시가 애써 밝은 목소리로 자신만만하게 말했다. 하지만 어느 누구도 대답하지 않았다.

공격선은 운석 뒤에 바싹 붙어서 지구의 대기권을 향해 날아가고 있었다.

4.
불시착

"꽉 잡으세요. 운석이 폭발하는 순간 엄청난 진동이 있을 겁니다."

안전장치를 착용하며 히타노가 외쳤다. 몇 초 뒤, 운석이 지구의 지면과 충돌하며 엄청난 굉음과 함께 거대한 폭발이 주위를 감쌌다. 폭발의 영향으로 초고속 폭풍을 동반한 모래바람이 주변의 대기를 삼켰고, 충돌한 지면은 지각변동을 일으키기도 했다.

히타노가 최선을 다했지만 결국 공격선 역시 사막 어딘가에 추락해서 처박히는 운명을 피할 순 없었다. 하지만 히타노의 조종 능력과 검은 강철 덕분에 기체는 아주 약간의 파손만 있었을 뿐, 중요한 부분은 그대로 남아 있었다. 특히 시스 원료를 사용하는 엔진이 멀쩡하다는 것은 아주

고무적인 결과였다.

　정신을 잃었던 사람들 중 가장 먼저 눈을 뜬 것은 조종석에 앉아 있던 히타노였다. 불시착하면서 어딘가에 머리를 부딪힌 모양인지 관자놀이 부근에서 피가 흐르고 있었다.

　"기체의 파편이 조금만 더 아래쪽에 떨어졌더라면 머리통이 박살났겠군."

　아찔하지만 다행이라는 듯 히타노는 쓴웃음을 지었다. 그의 목소리에 뒷쪽에 앉아 있던 케이도 정신을 차렸다.

　"모두 괜찮은가? 주변 좀 확인해봐."

　그 말을 들은 히타노는 보조 조종석을 보았다. 그곳에는 머리가 날아가버린 도로시가 앉아 있었다.

　"으악! 도로시! 도로시 머리가 없어요!"

　히타노가 깜짝 놀라 외치자 어느새 케이가 가까이 와서 도로시의 상태를 살폈다.

　"괜찮아. 조금 베였을 뿐이야."

　"조금… 베였다고요?"

　"그래, 기다리면 나을 거야."

　입이 떡 벌어진 히타노의 어깨를 툭툭 친 뒤, 케이는 남은 대원들을 챙기기 위해 돌아갔다.

　잠시 후, 도로시의 몸에서 흐르던 검은 피가 천천히 뭉쳐지더니 그녀의 신체가 재생되기 시작했다.

"뭐… 뭐야… 진짜 싫어……."

히타노는 몸을 움직이지도 못하고 그 모습을 처음부터 끝까지 지켜보았다. 시간이 지나 도로시의 머리가 완전히 재생됐을 때, 그녀는 충격에 휩싸여 멍하니 앉아 있는 히타노에게 물었다.

"왜 그러고 있어? 머리 재생되는 거 처음 봐?"

"그… 그럴 걸요."

정신을 차린 히타노는 밖에 나가 사막에 처박힌 공격선을 살펴보았다.

"수리는 가능해요. 근데 제3지구에서 부품을 좀 구해와야 할 것 같아요."

"알았어. 길을 안내해."

이야기를 들은 케이가 지시를 내렸다.

모두 공격선에서 필요한 물품과 장비를 챙겨 나왔다. 다행히 특수 슈트를 가지고 왔기 때문에 저공으로 비행하며 이동할 수 있었다.

한참을 날아간 그들은 사막 한곳에서 무장한 지구의 병력을 보았다. 거대한 운송 트럭에 연결된 로봇 팔이 사막의 모래를 파헤쳐 트럭에 싣고 있었다.

"잠깐 정지. 저들을 관찰한다."

케이의 명령에 따라 그들은 적당한 사구에 몸을 숨기고 지구인들의 행동을 살폈다.

"예전에는 저런 장비들이 없었는데… 그동안 기술이 얼마나 발전한 거야?"

히타노는 나노 슈트를 입고 레이저 건으로 무장한 병력을 보며 말했다.

"아구라다!"

그 순간, 어디선가 비명소리가 들렸다. 트럭의 소음을 듣고 아구라가 땅 속에서 튀어나온 것이다. 당황한 지구인들은 재빨리 레이저 건으로 공격했지만 아구라는 트럭과 병력을 모조리 삼킨 뒤, 다시 모래 속으로 자취를 감췄다.

"저게 아구라라는 건가?"

케이가 히타노에게 물었다.

"네, 맞아요. 말로만 들었는데 실제로 보게 되네요."

"좀 더 가까이 가서 살펴보자."

케이는 대원들을 이끌고 아구라가 사라진 자리로 갔다. 지구인들이 떨어뜨린 레이저 건이 하나 있었다. 도로시가 그것을 들어 미스터 창에게 건네며 물었다.

"어느 정도의 기술 같아?"

"꽤나 고출력의 레이저 건인데… 이 정도의 무기를 사용할 정도라면 상당한 기술력을 갖추고 있겠어."

"하지만 아구라에게는 이게 통하지 않았단 말이지……."

케이가 조용히 중얼거렸다. 그 와중에 히타노는 주변의 모래를 주워 담고 있었다.

"모래는 어디에 쓰려고?"

"이 모래에 이들이 에너지를 만드는 자원이 함유되어 있습니다. 나노 크리스털과 나노 메탈이라는 거죠."

케이가 고개를 끄덕였다. 이들은 이렇게 제3지구에 대해서 알아가고 있었다.

다시 한참을 가다 보니 멀리 고층 빌딩들이 보이기 시작했다. 제3지구 내에 있는 제법 큰 도시 같았다. 도시 주변은 확장과 개발을 위한 건설 공사들이 한창이었다. 자세히 보니 고층 빌딩 사이를 날아다니는 에어모빌들도 보였다.

"생각보다 훨씬 높은 기술력을 갖추고 있어. 페르다 왕국과 비슷한 정도 아닌가?"

케이가 말하자, 미스터 창도 동의했다.

"그러게요. 우리의 예상과는 다르군요."

"저 정도 기술력이면 보안도 철저할 것 같은데… 들어갈 방법은 있나?"

케이가 묻자 히타노가 대답했다.

"저를 따라오시면 됩니다."

히타노가 천으로 얼굴을 가리고 가자 동료들도 똑같이

얼굴을 가리고 그를 따라갔다. 그들은 이제 특수 슈트가 아닌 다리에 의지해 사막을 횡단했다.

동료들을 데리고 히타노가 향한 곳은 도시 외곽의 건설 현장이었다. 그곳에는 이미 연락을 받은 지구인 세 명이 대기하고 있었다.

구식 무기로 무장한 그들이 모래바람을 뚫고 걸어오는 히타노 일행에게 총을 겨누며 물었다.

"암호는?"

"하늘엔 에어모빌이 날아다니는데 환영은 여전히 구식이군. 꼭 해야 돼, 다니엘?"

히타노가 그들에게 웃으며 물었지만 그들은 표정의 변화가 전혀 없었다.

"암호!"

"알았어. 히타노 존-스미스."

그러자 셋 중 가운데 있던 수염이 덥수룩한 지구인이 총구를 내리며 활짝 웃었다.

"오랜만이야, 히타노."

두 남자는 서로 어깨를 끌어 안으며 반가움을 표현했다.

"저분들이 일행인가?"

다니엘의 질문에 히타노가 고개를 끄덕였다. 다니엘은

마스크를 나눠준 뒤 사람들을 건설 현장 중심부로 안내했다. 가는 동안 앞장선 히타노와 다니엘은 나란히 걸으며 근황에 대해 이야기를 나눴다.

"생각보다 훨씬 더 대단하네. 대체 그동안 무슨 일이 있었던 거야?"

"도시에 인구가 엄청 많이 늘어났어. 그래서 통치자인 프랑수아 5세가 도시개혁정책을 시행했지. 지금도 개발을 계속 해나가는 중이야."

히타노의 아버지 아래서 복무하던 군인의 아들로 태어난 다니엘은 프랑수아 5세의 체제에 대항해 쿠데타를 계획하고 있었다. 황제의 공격으로 아버지를 잃었기 때문이다. 그리고 히타노도 그를 도울 생각이었다.

"아직 자네의 아버지 행방은 찾지 못했네. 미안하군. 그나저나 어머니는 만났어? 잘 지내시나?"

"응. 만나기는 했는데 또 여행을 떠나셨어. 우주의 끝으로 가신다고 하더군."

다니엘은 이해가 가지 않는다는 듯 고개를 흔들었다.

"우주의 끝? 그런 게 정말 존재해?"

"나는 모르지. 당신께서 믿고 계시니까 그런가 보다 하는 거지."

짧은 대화가 끝나고 난 뒤 두 사람은 한동안 말없이 목적지를 향해 걸었다. 다니엘은 다시 히타노에게 가까이 다가가 속삭였다.

"저 사람들 말인데, 우리가 어디까지 믿어야 할까?"

"글쎄, 그건 각자 판단해야지. 하지만······."

히타노는 테라륨 전사들의 몸이 재생되던 장면을 떠올렸다.

"저 사람들 특별한 능력을 가지고 있어··· 그건 분명 도움이 될 거야."

먼지로 뒤덮인 건설 현장을 벗어나 일행은 마침내 하늘 높이 솟아오른 고층 빌딩 사이에 서 있을 수 있었다.

"아무리 봐도 계속 놀라게 되는군."

케이는 여전히 도시의 모습에 감탄하고 있었다.

그들은 도시의 골목길을 지나 작은 건물로 들어갔다. 그곳에서 다른 반란군들과 합류했다.

"여기서 잠깐 쉬고 있어요. 저쪽과 얘기 좀 하고 올게요."

히타노는 케이와 그 일행을 라운지에 두고 다니엘과 함께 작은 방으로 들어갔다. 한동안 방 안에서 다른 반란군들과 대화를 나누고 나온 히타노가 진지한 얼굴로 그들에게 말했다.

"지금부터 3시간 후, 프랑수아 5세의 집무실을 공격합니다."

"그렇게 빨리? 우린 아직 여기 사정도 모르는데……."

예상치 못한 빠른 진행에 케이는 당황했다.

"운석이 충돌해서 제3지구 전체가 비상이라고 합니다. 황제의 집무실이 있는 타워의 병력이 분산되어 습격하기엔 최적의 상황이라고 하더군요."

히타노는 회의에서 들은 중요 정보를 알려주었다.

"어쩌면 섀도우 님의 예언에 이런 상황도 포함되어 있던 거, 아닐까요?"

그 말엔 케이도 동감이었다. 하지만 그게 꼭 반갑게 느껴지지는 않았다.

5.
패륜

"정말로 데라크스를 만나겠다고?"

케이 일행이 제3지구로 떠난 뒤 적지 않은 시간이 흘렀다. 한스-아리아는 그동안 데라크스와의 만남을 준비하고 이제 출발을 앞둔 상황이었다. 타츠미는 걱정스런 눈빛으로 그런 한스-아리아를 말렸다.

"데라크스 후작이 다시 우리와 손을 잡을 이유가 없잖아. 그자는 우리를 죽이려고 했다고!"

"상황은 계속 변해. 지금 다시 한번 동맹관계로 갈 수 있는 기회가 온 거라고."

"당신이 틀렸다는 생각은 안 들어?"

"전혀. 중요한 순간에 내 정치적 직감이 틀린 적 있었나?"

한스-아리아의 근거 없는 자신감에 타츠미는 골치가 아

팠다.

"다소 위험이 있다 해도 어쩔 수 없어. 우리 딸을 위한 일이니까."

"우리 딸을 위해서라고 하지 마. 당신은 누구를 위해 뭔가를 하는 사람이 아냐. 오직 자신을 위해서만 움직이지."

"그럼 어쩌라고? 중앙의회가 케이에게 너무 많은 권한을 줘버렸어. 그 천민 사생아 놈이 권력을 잡는 걸 막으려면 대안은 데라크스 후작밖에 없다고!"

"그래… 그렇게 솔직한 게 훨씬 당신다워."

그는 더이상 한스-아리아와 말을 섞지 않았다. 한때 타츠미가 그와 열렬한 사랑을 한 건 사실이었지만, 한스-아리아가 자신의 정치적 욕심을 채우기 위해 딸을 이용하기 시작했을 때부터 타츠미는 예전처럼 그를 존경할 수 없었다.

타츠미가 보기에 데라크스 후작은 그리 믿음이 가는 상대가 아니었다. 누군가를 배신할 수는 있다. 하지만 배신은 무수한 리스크를 동반하기 때문에 반드시 그 이상의 대가가 있어야 한다. 그런데 한스-아리아의 목적은 그저 케이를 저지하는 것뿐이다. 커다란 배신의 대가치고는 너무 초라한 보상이었다.

그리고 무엇보다 이번 일이 실패하면 타츠미에게도 영향을 끼칠 게 뻔했다. 그동안 한스-아리아 덕에 누렸던 부와 호화로운 삶을 모두 포기해야 할 것이었다. 타츠미는 그게 제일 두려웠다. 그러나 한스-아리아는 말을 듣지 않고 개인 수송기에 올라타 우주를 향해 빠르게 날아갔다.

 무사히 이륙을 마친 한스-아리아는, 오토파일럿 시스템에 데라크스에게 받은 좌표를 입력했다. 그리고 잠깐 휴식을 취하려고 눈을 감았을 때, 갑자기 뒤에서 어떤 기척을 느꼈다.
 "네가 어떻게?"
 딸인 알렉산드라-아리아였다.
 "아버지, 기어이 데라크스와 손을 잡으실 생각이군요."
 "얘야, 시간이 흐르면 너도 내 결정을 이해할……."
 그는 말을 끝까지 마치지 못했다. 알렉산드라가 그의 가슴에 검은 강철로 된 단도를 꽂아 넣었기 때문이다.
 "죄송해요……."
 알렉산드라는 칼을 찌른 뒤, 다리에 힘을 잃고 바닥에 쓰러졌다. 한스-아리아는 가슴을 붙잡고 알렉산드라를 향해 손을 내밀었다.
 "어떻게… 네가…….”
 한스-아리아는 남은 힘을 다해 딸에게 달려들었다. 그리고 그녀의 목을 힘껏 졸랐다.

"아버지… 컥… 아… 아버지……."

알렉산드라는 몸을 제대로 움직이지 못했다. 한스-아리아는 그런 딸의 목을 더 거세게 조이기 시작했다. 그녀는 버둥거리며 반항해보려 했지만 이내 온몸을 축 늘어뜨리고 말았다.

거센 호흡을 몰아쉬던 그는 창백해진 딸의 얼굴을 보았다. 머릿속이 텅 빈 것처럼 아무 생각이 나지 않았다.

그는 뒤이어 가슴에 박힌 칼을 빼내려고 했지만 너무 깊숙이 박혀 있어 잘못했다간 과다출혈이 될 것 같았다. 다행히 중요한 장기는 피했기에 일단은 뽑지 않고 의료 조치를 받을 수 있는 상황을 기다리기로 했다.

대신 딸의 시신은 직접 들어 냉동캡슐 안에 넣었다. 죽은 것이 확실했지만, 일단 시신은 보존해둘 필요가 있었다.

모든 일을 끝나고 나니 갑자기 화가 치밀어 올랐다. 버려진 아이를 데려와 여태까지 키워줬는데, 그 은혜를 단검으로 갚는다고?

'저 시신을 가져가서 데라크스에게 바쳐버릴까? 당신을 암살하려 한 주모자라고?'

한때는 자신이 누구보다 딸을 사랑하는 아버지라고 믿었지만, 분노에 휩싸인 그는 그런 매정한 생각까지 떠올리고 있었다. 그러는 와중에도 그의 개인 수송기는 목적지를 향해 빠르게 날아가고 있었다.

*

한편 바란 섀도우는 자신의 방에 찾아온 디아고 의원과 이야기를 나누고 있었다.

"저는 정말 궁금해서 견딜 수가 없습니다. 미래를 다 말해주실 수 없다면 저의 운명만이라도 얘기해주세요. 저는 미래에 어떻게 됩니까?"

"그것도 역시 말씀드릴 수 없습니다. 아시겠지만 저희 가문에는 규칙이 있어요."

디아고는 불만에 가득 찬 표정으로 일어났다.

그가 떠난 이후 바란 섀도우는 긴 한숨을 내쉬었다. 그는 분명 디아고 의원의 운명을 정확하게 알고 있었다. 그가 어떻게 죽을지도.

하지만 그의 죽음은 그가 세운 위대한 계획의 일부였다. 데라크스 후작에게 가짜 예언을 전달하고, 케이와 그 일행을 제3지구로 향하게 한 바로 그 계획. 거기서 시작된 작은 움직임 하나하나가 그가 원하는 미래를 만들어가고 있었다. 물론 아직 변수들은 수없이 많이 남아 있었고, 디아고 의원의 죽음 역시 그중 하나였다.

그러므로 섀도우는 최대한 그 변수를 정해진 길에서 벗어나게 하지 않으려고 최선을 다하고 있었다. 때문에 그가 예언에 대해서 아무리 물어도 절대 대답해줄 수 없었다.

예언자 가문에는 선대에서 물려받는 작은 메모리 칩이 있다. 이 메모리 칩은 예언자들이 대를 이어가면서 지켜온 비밀 문서로, 섀도우 가문이 예언 능력을 얻게 된 이후의 행적들을 기록한 것이다. 이것이 은밀하게 전해지는 이유 중 하나는, 오래 전 예언 능력을 이용해 거대한 비극을 초래한 한 인물과 관련이 있었다.

섀도우 가문의 예언 능력은 우주에 존재하는 암흑물질의 에너지로부터 비롯되었다. 암흑물질은 그 안에 무한대의 공간과 시간을 머금고 있다고 알려져 있는데, 섀도우 가문의 핏줄과 결합하여 그들에게 미래를 볼 수 있는 능력을 선사해준 것이다.

그런데 섀도우 가문의 예언자 중 한 명이 단순히 미래를 보는 것을 넘어서 시공간을 통합하고 미래의 변수들을 하나의 방향으로 이끄는 방법을 알아냈다. 그는 이것을 제대로 사용하면 섀도우 가문이 예언자를 넘어 신처럼 모든 우주를 지배할 수 있을 것이라고 믿었다.

그러나 그의 계획은 처참하게 실패했다. 시공간의 기형

적인 결함이 곳곳에서 발생했고, 수백 만의 생명체들이 한 순간에 사라져버리는 우주적인 재난을 만들어냈다.

이후 섀도우 가문의 사람들은 그를 다크 섀도우라 명명하고, 후세의 예언자들에게 그에 대한 기록을 자세히 남겨 그들이 힘을 남용하는 것을 경계하고자 했다.

하지만 바란 섀도우는 그 기록을 조금 다른 용도로 사용하고 있었다.

디아고가 떠난 후 바란 섀도우는 메모리 칩을 꺼내 다크 섀도우를 검색했다. 이미 수십 번 탐독한 자료였지만 여전히 알 수 없는 부분이 많았다. 하지만 포기하지 않고 다크 섀도우가 시공간을 변형한 방법을 알아내기 위해 부단히 노력하고 있었다. 다크 섀도우의 이야기에 흠뻑 빠져 있었던 그의 입가에 저절로 미소가 지어졌다.

6.
돌아가는 길

아리아 3세가 바쿰 부족의 마을에 머무른 지 몇 개월이 지났다. 그녀는 바쿰 부족의 언어와 문화를 배우며 그곳의 생활이 차츰 익숙해지기 시작했다. 솔직히 그녀는 여태까지의 머리 아픈 일들을 잊고 이곳에 정착해버릴까, 생각도 잠시 했었다.

하지만 그럴 수 없었다. 돌아가겠다고 약속한 사람이 있었기 때문이다. 그녀는 오직 그 이유 때문에 다시 길을 떠나기로 했다.

"그리울 거예요."

끝까지 그녀를 보살펴주었던 젊은 여인이 마지막 인사를 했다.

"그리고 이건… 족장님이 남기신 선물이에요."

그녀가 바쿰 족장이 하고 있던 목걸이를 내밀었다.

"이런 귀한 걸 제가 받아도…….."

"모든 부족민들이 동의했어요. 이건 당신 거예요."

그 말을 들은 아리아 3세는 그것을 정성스럽게 받아 목에 찼다. 그리고 자신이 타고 온 공격선에 올랐다.

오토 파일럿으로 케이의 GPS를 추적하며 순조로운 항해를 하던 아리아 3세의 공격선이 갑작스러운 충격으로 흔들렸다.

"기체 좌측 손상! 방어 시스템 효율이 40%로 떨어졌습니다."

깜짝 놀란 아리아 3세가 레이더를 살펴보자 해적들로 보이는 라이트 파이터 네 대가 그녀를 추격하며 레이저 공격을 퍼붓고 있었다. 그녀는 재빨리 조종간을 수동 모드로 전환하고 공격을 피했지만 레이저 공격이 끊이지 않자 방어 시스템 효율이 20%까지 떨어졌다.

'이대로는 승산이 없어. 차라리 착륙해서 피하는 게 낫겠어.'

아리아 3세는 근처에 보이는 행성의 대기권으로 진입했다. 그녀는 숲으로 우거진 산으로 급강하했다가 가파른 협곡 사이를 빠져나갔다. 뒤따라오던 라이트 파이터 한 대는 우거진 숲을 가로지르느라 협곡을 발견하지 못하고 바위와 충돌하면서 폭발했다.

'네 대 중에 겨우 한 대를 따돌렸군…….'

나머지 세 대는 여전히 그녀의 뒤를 쫓아오고 있었다. 또다시 레이저가 그녀의 기체를 뚫었다. 방어 시스템의 효율은 이제 제로를 가리키고 있었다. 조종석 전체에 새빨간 경고등이 깜빡였다. 아예 결판을 보겠다는 듯 라이트 파이터들은 계속해서 플라스마 레이저 포 공격을 계속했다.

'한 번만 더 맞으면 가루가 되어버릴 거야.'

검은 강철을 입힌 외장을 갖추고 있었지만, 연속된 레이저 공격에 장사는 없었다. 그녀는 마지막을 각오하며 두 눈을 질끈 감았다.

"크악!"

어디선가 괴성과 함께 거대한 팔이 나타나더니 라이트 파이터 한 대를 공격했다. 전혀 예상치 못한 공격을 받은 라이트 파이터는 산 아래로 추락해 폭발하고 말았다. 그 뒤를 따르던 또다른 라이트 파이터 위에는 높은 곳에서 점프한 거대한 짐승이 내려앉았다. 짐승은 그 위에서 라이트 파이터를 흔들어 댔고, 중심을 잃은 기체는 절벽 아래로 추락해버렸다.

앞선 두 대의 파괴를 목격한 마지막 기체는 추격을 포기하고 도주하려 했다. 하지만 이번엔 아리아 3세가 반격했다. 도주하는 해적의 뒤를 쫓아 레이저 포를 발사했고, 결국 마지막 남은 라이트 파이터마저 격추당하고 말았다.

하지만 만신창이가 된 아리아 3세의 공격기는 힘없이 땅을 향해 내려앉았다.

그녀는 기체가 땅에 정면 충돌하는 것을 막기 위해 울창한 숲으로 방향을 틀었다. 고도가 낮아지며 나무와 충돌한 공격선은 속도를 줄일 수 있었고, 결국 강 한가운데에 불시착하고 말았다. 덕분에 타오르던 엔진은 폭발을 면할 수 있었지만, 기체는 강 아래쪽으로 서서히 가라앉고 있었다.

조종석에 있던 아리아 3세는 추락할 때의 충격으로 정신을 잃고, 꼼짝없이 죽음을 맞이하고 있었다. 바로 그때, 아리아 3세가 탄 공격선 앞에 거대한 에너지 기둥이 나타났다. 그 기둥에서 뻗어 나온 에너지 파장은 공격선의 루프를 분리했다. 그리고 조종석에 앉아 있던 그녀를 공중으로 들어 올렸다 다시 지상으로 내려놓았다.

잠시 후 일을 마친 에너지 기둥이 천천히 옅어지면서 그 힘의 주인이 모습이 드러났다. 바로 아란테 가디언이었다.

*

의식을 잃었던 아리아 3세가 눈을 떴을 때, 그녀의 눈에 처음 들어온 것은 아란테 가디언의 얼굴이었다.

"오랜만이야."

전혀 예상하지 못한 그의 등장에 그녀는 잠시 정신이 어지러웠다.

'왜 아란테 가디언이 내 앞에 있는 거지? 혹시 내가 전함에 다시 돌아온 건가?'

그녀는 벌떡 일어나 주변을 둘러보았다. 그러나 그곳은 분명 그녀가 추락했던 행성이었다.

"당신이 왜 여기에…?"

아리아 3세는 도저히 이해할 수 없다는 표정으로 그에게 물었다.

"그래, 내가 왜 여기 있는지 궁금하겠지… 얘기하자면 말이지……."

하지만 그가 대답을 마치기 전에 뒤편에서 소란이 일었다. 거인족 칼루쏘들이 추락한 아리아 3세를 보기 위해 달려들었던 것이다.

"내 거야! 떨어진 거 내 거!"

덩치가 제법 큰 칼루쏘 하나가 아리아 3세를 향해 팔을 뻗었다. 그러자 다른 칼루쏘가 그를 제지했다.

"내가 먼저 봤어!"

둘은 결국 서로 뒤엉켜 싸우기 시작했다. 커다란 덩치의 칼루쏘들이 땅을 굴러다니며 싸우자 주변이 흔들릴 정도였다.

"그만하라고, 이 모자란 것들아! 너희들 거 아냐!"

아란테 가디언이 소리를 지르자 그들은 억울한 표정을 지으며 뒤로 물러섰다. 몸집은 몇 배나 컸지만 아란테 가디언의 힘을 두려워하는 것이 분명했다.

"이게 다… 무슨 일이에요?"

아리아 3세는 여전히 상황을 이해하지 못한 채 어리둥절한 표정을 지었다.

"글쎄… 하지만 나도 왜 네가 여기에 불시착했는지 이해가 안 가긴 마찬가지인 걸… 아주 기가 막힌 우연, 아니 운명인가?"

능청스럽게 말하는 아란테 가디언의 얼굴엔 미소가 가득했다. 티를 내지 않으려 했지만 그녀가 불시착한 것에 대해 기뻐하는 것이 분명했다. 이유는 바로 밝혀졌다.

"너희는 쓸데없는 짓 하지 말고, 물에서 우주선 좀 건져 올려봐. 쓸 만한 부품이나 연료가 있는지 살펴봐야 해."

아란테 가디언이 칼루쏘에게 명령했지만 그는 어린아

이처럼 짜증을 냈다.

"싫어!"

"그래? 그럼 혼 좀 나볼까?"

아란테 가디언이 몸에서 백색 에너지를 분출시키려고 하자 칼루쏘들이 겁을 먹고 허둥지둥 물속으로 들어가 공격선을 맨손으로 인양하기 시작했다.

"저 거인들은 뭐죠?"

그 모습을 지켜보던 아리아 3세가 멍한 표정으로 물었다.

"칼루쏘야. 힘은 세지만 지능이 낮은 전형적인 심부름꾼이랄까? 아, 하긴… 지능이 아주 낮다고만 할 수는 없단 말이지?"

칼루쏘들이 부숴진 공격선과 그 잔해들을 가져와 씩씩거리며 내려놓았다.

그러자 아란테 가디언은 공격선의 엔진을 확인했다. 좌측 엔진에는 폭발하지 않은 시스 원료가 멀쩡히 남아 있었다.

"역시!"

그는 신이 나서 짐승처럼 소리를 질렀다.

"아직 신은 나를 버린 게 아니야!"

하지만 우측 엔진은 완전히 파괴되어버렸고, 시스 연료도 더이상 남아 있지 않았다. 아란테 가디언은 실망했지만 개의치 않고 왼쪽 엔진을 분리했다.

이윽고 아란테 가디언은 분리를 끝낸 엔진을 들고 뒤편의 넓은 공터로 갔다. 그곳에는 처음 보는 형태의 기계가 놓여 있었다. 아란테 가디언이 추락한 기체들을 모아 만든 일종의 우주선이었다.

"이걸… 당신 혼자 만든 거예요?"

아리아 3세가 놀란 표정으로 물었다.

"나 혼자 만든 건 아니고, 도움을 좀 받았지."

아란테 가디언이 손뼉을 치자 기체 안에서 작업을 하던 소형 칼루쏘들이 머리를 내밀었다. 그들은 거인 칼루쏘에 비해 훨씬 작은 체구를 가지고 있었다.

"작은 칼루쏘들은 꽤 쓸모가 많아. 기계 쪽에 아주 능하거든. 그래서 지능이 꼭 낮다고 볼 수는 없다고 한 거야."

"그래도 엔진 하나가 더 필요하지 않나요?"

"오늘은 늦었으니까 내일 해적들이 추락한 곳에 가봐야지. 네 대나 되는 비행선이 추락했으니, 엔진 하나쯤은 남아 있지 않겠어?"

어두워져가는 하늘을 보며 아란테 가디언이 말했다.

Part 5. Death & Rebirth

1.
몰락

"한스-아리아다. 진입 허가를 원한다."

가슴에 찔린 칼도 제거하지 못한 채 우주 공간을 달려온 한스-아리아는 시야에 들어온 데라크스의 황금색 전함에 진입 허가를 요청했다.

"늦었군."

홀로그램 통신기 저편에서 데라크스 후작의 차가운 목소리가 들려왔다.

"사고가 좀 있었습니다."

잠시 후, 데라크스 전함의 정박장 도크가 열렸다.

"그건 뭔가?"

한스-아리아의 가슴에 꽂힌 단검을 본 데라크스 후작이 물었다.

"말씀 드린 것처럼 사고가 있었습니다."

"저런… 조심하지 그랬나? 그래, 거래를 시작할 준비는 됐고?"

"일단 응급치료부터 받으면 좋겠는데요."

이런 자신을 보고도 거래 얘기부터 꺼내는 데라크스에게 정이 떨어졌지만, 어차피 자신이 먼저 제안한 일이었기 때문에 크게 신경 쓰지 않기로 했다.

'나는 장사꾼이야. 줄 건 주고받을 건 받으면 돼.'

그는 일단 치료부터 받고 자신이 줄 수 있는 것을 넘겨줄 생각이었다.

하지만 데라크스는 아직 그를 믿을 수 없는 모양이었다.

"저런… 안 됐지만 그 전에 일단 나는 자네가 가져온 정보가 얼마나 가치 있는지 먼저 확인해봐야 할 것 같은데?"

"아직 저를 믿지 못하고 계시는군요."

"나를 먼저 떠난 건 자네야. 그리고 내 배신자들과 함께 연락을 끊고 잠적하려 했지. 근데 내가 어떻게 자네를 믿을 수 있겠나?"

한스-아리아는 할 수 없이 감춰뒀던 무기를 꺼냈다.

"후작 님께 제 충성심을 보여드리고자 작은 선물을 준비했습니다. 제 수송기 안의 냉동캡슐을 확인해보시죠."

데라크스가 부하들을 시켜 냉동캡슐을 가지고 나오라

고 명령했다. 잠시 후, 싸늘한 주검이 된 알렉산드라-아리아가 데라크스의 앞에 놓였다.

"가여운 것……."

알렉산드라-아리아를 본 데라크스는 묘한 표정을 지었다.

"자네가 죽인 건가?"

"후작 님을 암살하려던 죄값을 받은 거라고 생각해주십시오."

"그렇군… 하지만 자네가 생각을 잘못했네."

"네?"

"나는 살아 있는 알렉산드라가 보고 싶었거든."

후작의 반응에 한스-아리아가 당황했다.

"하지만 후작 님은 알렉산드라-아리아를 죽이고 싶어 하신 것 아닙니까?"

"그러니까… 죽이더라도 내가 죽여야지. 네 까짓 게 뭔데!"

그 말과 동시에 데라크스는 주변을 둘러싸고 있던 그의 부하들에게 눈빛을 보냈다. 그의 뜻을 알아들은 부하 한 명이 잽싸게 움직여 한스-아리아의 목에 주사기를 꽂았다.

"지금 뭐 하는……."

한스-아리아는 말을 채 끝내지 못하고 쓰러졌다.

"잘 잤나?"

눈을 뜬 한스-아리아는 자신이 침대에 묶여 있는 것을 알았다. 그 위에는 수술 때 사용하는 밝은 의료용 조명이 빛나고 있었다.

"제가 왜……."

한스-아리아는 팔다리를 움직일 수 없어 자신의 몸에 칼이 아직 꽂혀 있는지 확인할 방법이 없었다.

"칼을 제거하는 수술 중인가요?"

그는 결코 자비를 베풀 것 같지 않아 보이는 데라크스에게 물었다.

"그건 아닌데… 곧 제거하긴 할 거야."

"……?"

"마지막 인사를 하려고."

데라크스는 한스-아리아의 가슴에 꽂혀 있는 단검의 손잡이를 잡으며 말했다.

"자네는 우리가 개발한 약물을 투여받았어. 이른 바 '진실의 약'이라고 뇌하수체를 자극해서 본인이 알고 있는 모든 진실을 나불거리게 만들지."

"그런 약이 진짜 존재할 리가……."

"내가 어떻게 내 암살의 배후가 후만 가문인 것을 알아냈겠나?"

이야기를 들은 한스-아리아의 얼굴이 새하얗게 질렸다.

"마음이 아팠지만 내 사촌동생 페르다 2세에게 이 약을 사용했었다네. 그러니까 효능만큼은 분명히 입증된 거야. 믿어도 돼."

"후작 님, 그러니까 그게……."

"변명은 그만. 자네에게 듣고 싶은 말은 이미 다 들었어. 왕국을 떠난 이후 여정은 재밌었지만, 쓸모 있는 정보는 거의 없더군. 제3지구 이야기도 꽤 흥미롭긴 했는데, 좌표조차 없으면서 뭘 팔아먹겠다고 여기까지 온 거야?"

그러고는 목이 메인 듯 작은 목소리로 한마디를 덧붙였다.

"알렉산드라는 그렇게 만들어놓고……."

칼 손잡이를 쥔 데라크스의 손에 힘이 들어갔다.

"후작 님……."

"이 거래는 결렬됐네."

데라크스는 그렇게 말하고 한스-아리아의 가슴에서 칼을 뽑았다. 순간 상처가 벌어지며 피가 쏟아졌고, 한스-아리아는 그렇게 숨을 거뒀다.

*

데라크스 후작은 자신의 저택 앞에 한스-아리아의 시신을 걸어놓고, 그 모습을 홀로그램을 통해 전 우주로 내보냈다. 그를 배신하면 어떻게 되는지 확실히 보여주기 위함이었다. 그리고 그 장면은, 멀고 먼 우주를 가로질러 타츠미에게도 전해졌다.

충격에 휩싸인 그는 딸의 숙소를 찾았지만, 그곳 역시 군인들에 의해 폐쇄되어 있었다.

"이게… 무슨 일이죠?"

타츠미는 절망에 빠진 표정으로 주변 사람들에게 물었으나 아무도 대답해주지 않았다. 그때 군인들과 함께 있던 아리아 2세가 타츠미를 발견하고 다가와 물었다.

"소식 들었습니다. 조의를 표합니다."

그 말을 듣자마자 타츠미는 눈물을 터트렸다. 아리아 2세는 타츠미를 조용히 안아주었다.

하지만 아리아 2세로도 타츠미를 마냥 다정하게 대할 수는 없었다. 그에게 전달해야 할 사실이 있었기 때문이다.

아리아 2세는 자신의 팔에 찬 전송장치를 통해 타츠미에게 문서를 하나 전달했다.

"뭐죠, 이게?"

"출석… 통지서예요. 한스-아리아의 죽음에 대한 진상 규명 위원회가 열릴 겁니다. 거기에 타츠미 님이 증인으로 출석해주셔야 해요."

"제가요? 알렉산드라가 그렇게 정했나요?"

타츠미는 떨리는 목소리로 대답했다.

"아직 모르고 계시는군요?"

홀로그램 화면은 정박장 안을 비추고 있었다. 한쪽 구석에는 한스-아리아의 수송기가 있었다. 잠시 후 화면 한쪽에서 한 여자가 주위를 살피며 조심스럽게 등장했다. 알렉산드라-아리아였다. 그녀는 수동 개폐장치를 작동시키고 수송기에 올라탄 뒤, 다시 출입구를 닫았다.

"이… 이럴 수가……."

녹화된 폐쇄회로 화면을 돌려보던 타츠미는 경악했다.

"몇 시간 후에 녹화된 장면입니다."

시간을 건너뛴 화면 안에 한스-아리아가 나타났다. 그는 타츠미의 배웅을 받으며 그곳을 떠나고 있었다.

"진상규명 회의는 오늘 저녁에 열립니다. 그곳에서 어떤 일이 벌어졌는지 정확하게 말씀해주시면 됩니다."

타츠미는 빨리 숙소에 가서 눕고 싶었다. 머리가 어지럽고 속이 메스꺼웠다. 하지만 자신의 숙소엔 이미 카림과 그의 부하들이 와서 물건을 헤집어놓고 있었다.

"무슨 일이에요?"

"한스-아리아가 외부와 통신한 흔적이 발견되어 중앙의회가 압수수색 명령을 내렸습니다."

타츠미의 질문에 카림이 건조한 말투로 대답했다.

"나중에 하면 안 되나요? 지금은 누워서 쉬고 싶은데."

"상황 파악이 안 되시나 본데, 지금 한스-아리아가 받고 있는 혐의는 반역입니다. 귀하께서는 거기에 연루되어 있는 최측근이고요."

"네?"

"회의에서 제대로 증언하지 않으면 똑같은 혐의가 씌워질 수도 있으니 혹시 걸리는 게 있다면 마음의 준비를 해 두는 것이 좋습니다."

타츠미는 다리에 힘이 풀려 쓰러질 것 같았다. 머리가 폭발해버릴 것처럼 아팠다.

"회의가 열릴 때까지 임시 숙소를 마련해드릴 테니 그곳에 머무십시오."

할 수 없이 타츠미는 군인들을 따라 임시 숙소로 갔다.

"가능하면 임시 숙소를 벗어나지 않는 편이 좋을 겁니다. 물론 문 앞에서 병사들이 지키고 있으니까 그것도 쉽지 않겠지만요."

걸어가는 타츠미의 뒤통수에 카림의 날카로운 말이 날아와 꽂혔다.

회의 시간이 되어 병사들이 문을 열었을 때, 그들이 발견한 것은 천장에 목을 매달고 숨을 거둔 타츠미의 모습이었다.
"더는 조사가 불가하겠군요."
현장을 확인한 디아고가 말했다. 그의 옆에 있던 아리아 2세는 조용히 타츠미의 죽음을 애도했다.

2.
돌아가는 자

"이건 운명이야."

아란테 가디언이 그 말을 중얼거릴 때마다 아리아 3세는 귀를 틀어막고 싶었다. 지난 며칠간 아란테는 그 말을 입에 달고 살았다. 해적의 라이트 파이터들이 추락한 계곡에서 몇 시간 동안 잔해를 헤치다 결국 멀쩡한 엔진과 연료탱크, 그리고 그 안에 가득한 시스 원료를 발견했을 때도, 그것을 가지고 돌아와 우주선을 조립하고 그곳에 장착한 아리아 3세의 GPS 장치가 재부팅되며 다시 작동하기 시작했을 때도, 아란테 가디언은 똑같이 말했다.

"이건 운명이야, 운명이라고."

"그놈의 운명이라는 말 좀 그만할 수 없어요? 무슨 운명이 하루에도 열두 번씩 찾아와요?"

하지만 아란테 가디언은 아리아 3세의 핀잔 따위는 듣지도 않았다.

"생각해봐. 내가 어떤 일을 겪었는지. 부함장의 위치에 있다가 어떤 놈들의 음모에 휘말려 전함에서 추방당했어."

"도대체 누가 왜 그런 짓을 한 건데요?"

"누군지는 몰라. 하지만 돌아가면 찾아낼 거야."

"……."

"하지만 왜 그랬는지는 알지."

"왜죠?"

"내 힘이 두려웠던 거겠지."

그 말에 아리아 3세는 반박하지 못했다. 하지만 그녀의 생각은 조금 달랐다. 그는 한 가지 가능성을 예측하지 못하고 있었던 것이다.

'어쩌면 한 명이 아니라 모두의 뜻이었을 수도…….'

아리아 3세는 신이 나서 운명론을 펼쳐대는 아란테 가디언의 모습을 보며 그런 생각을 하고 있었다.

"그래서 잠들었다가 눈을 떠보니 바로 이 행성에 있더라고! 날 여기 보낸 놈들은 아마 내가 평생 여기에 갇혀 있을 거라고 생각했겠지."

아란테 가디언은 자신이 만든 우주선을 자랑스럽게 바라보았다.

"그런데 어느 날 갑자기 하늘에서 시스 원료와 우주선이 떨어지다니! 그것도 딱 필요한 목표의 좌표까지 든 GPS를 장착하고! 이게 운명이 아니면 뭐야!"

"알았으니까 완성했으면 빨리 출발이나 해요."

아리아 3세는 아란테 가디언이 하는 모든 말이 지겨웠지만 이 행성을 빠져나가는 방법은 이것뿐이었으므로 아란테와 함께 우주선에 탑승했다.

"다시는 오지 마! 칼루쏘 너 싫다!"

떠나는 아란테 가디언을 보며 큰 칼루쏘들이 작별인사를 해주고 있었다.

"그래, 나도 이딴 행성 다시는 안 올 거다. 잘 지내, 멍청이들아!"

그렇게 마지막 인사를 남긴 아란테 가디언이 우주선에 탑승하자, 아리아 3세가 조종석에 올라 엔진을 작동시켰다. 두 개의 시스 엔진이 커다란 소리를 내며 이륙 준비를 했다.

아리아 3세가 조종간을 당기자 우주선은 순식간에 대기권을 빠져나갔다.

"라이트 파이터 접근 중! 라이트 파이터 접근 중!"

우주 공간에 나오자마자 레이다가 빠르게 움직이는 비

행체들을 발견하고 경고 알림을 보냈다. 아리아 3세는 그 비행체들의 정체가 무엇인지 단박에 알아챘다.

"해적들이에요!"

그녀를 습격한 해적과 같은 무리인지 다른 무리인지는 알 수 없지만 분명한 건 지금 그녀가 타고 있는 건 파괴된 우주선의 부품들을 모아 만든 고물이라는 사실이었다. 뜻밖의 해적을 만나 불시착했다가 이제 겨우 집으로 돌아가나 했는데, 우주에 나오자마자 해적을 만나다니.

"어떻게든 해봐요!"

답답한 아리아가 아란테 가디언을 향해 소리쳤다. 그러자 그는 자신만만하게 대답했다.

"뭐? 쟤네들? 진작 말을 하지……."

아란테 가디언이 아리아 3세 옆에 다가와 앉았다.

"걱정 말고 나한테 맡겨둬."

갑자기 그가 손을 뻗더니 눈을 감았다. 마치 명상을 하는 듯한 자세였다.

자신만만한 태도에 혹시 감춰둔 무기라도 있는 줄 알았던 아리아 3세는 기가 막혔다.

"이것 봐요, 지금 대체 뭐 하는……."

"쉿!"

아란테 가디언이 정신을 집중하자, 그들이 타고 있는 우주선 외부에 거대한 백색 에너지가 모이기 시작했다. 그리고 그 에너지는 하나의 형상을 만들었다.

흡사 사람의 모습을 한 그것은, 바로 아란테 가디언의 형상이었다.

해적들이 아란테 형상의 에너지를 향해 플라스마 공격을 가했다. 하지만 에너지 파장으로 이루어진 그의 유체는 플라스마 레이저를 그대로 튕겨냈다.

"말도 안 돼……."

아란테의 능력에 감탄한 건 아리아 3세만이 아니었다. 생전 처음 겪는 공격에 직면한 해적의 라이트 파이터들은 어찌할 바를 모르고 버둥거렸다. 그 틈을 타 아란테 가디언의 에너지 유체는 팔을 안으로 접어 손뼉을 치듯 부딪쳤다.

쿵. 거대한 에너지의 파장이 주변으로 퍼지며 사정거리 안에 있던 라이트 파이터들이 일제히 폭발했다.

그러자 원거리에서 해적 전함들이 한 단계 높은 화력의 슈페리어-플라스마 레이저 포를 연사했다. 하지만 가디언의 에너지 유체는 물러서지 않고 오히려 전함을 향해 전속력으로 돌진했다. 슈페리어-플라스마 포는 가디언의 에너지 유체 일부에 약간의 상처를 남기긴 했지만 그 이상의 영향은 주지 못했다.

전함 주변에 다다른 가디언의 에너지 유체는 보자기처

럼 얇고 넓은 모양으로 변신하더니 주변의 전함들을 모두 감싸기 시작했다. 당황한 해적들은 전함의 함포들을 미친 듯 쏘아대며 에너지 막을 뚫어보려고 했지만 아주 작은 구멍만 간헐적으로 낼 뿐이었다.

마침내 가디언의 에너지 막이 전함을 모두 감싸 안으니 전함 안은 캄캄한 어둠으로 뒤덮인 셈이 되었다. 한 치 앞도 볼 수 없을 정도로 새까만 어둠이 전함에 있는 사람들의 주변을 감쌌다. 그리고 잠시 후.

"빛이다!"

하지만 그것은 죽음의 빛이었다. 전함을 둘러싸고 있던 에너지막이 핵융합을 일으켜 폭발해버린 것이다. 해적들의 거대한 전함들이 이젠 고철덩어리가 되어 우주로 쏟아졌다. 그 틈에 아리아 3세는 속도를 올려 빠르게 그곳을 벗어났다.

"당신은 정말······."

그녀는 아란테 가디언이 보여준 능력에 소름 끼치게 놀라고 있었다.

*

데라크스는 한스-아리아가 타고 온 개인 수송기의 항해

기록을 해킹해 그가 출발한 곳으로 가보았다. 그러나 그곳에는 검은 우주 외에 아무것도 남아 있지 않았다. 아리아 2세와 디아고가 타고 있던 전함들은 이미 제3지구 쪽으로 날아가버렸기 때문이다.

하지만 그는 실망하거나 포기하지 않았다.

"트레이서를 작동시켜."

데라크스가 명령하자 전함의 전면부에서 도크가 열리고 여러 개의 센서를 장착한 둥근 구형의 물체가 나왔다.

그것은 스페이스 트레이서라 불리는 장비로, 전함이나 우주선이 우주 공간에 남긴 흔적과 데이터를 3D 스캔으로 추적하여 항로를 시뮬레이션해주는 장치였다.

"트레이서가 시공간 추적을 시작합니다."

오퍼레이터의 말이 끝나자마자 스크린 위에 다양한 형태의 측량 데이터들이 흘러가기 시작했다. 아직 완전하지 않은 기술이라 에러 메시지가 송출될 때도 있었고, 그때마다 오퍼레이터들이 빠르게 패널을 조작하기도 했다.

데라크스는 평소의 그답지 않게 화도 내지 않고 흥분하는 일도 없이 턱을 괴고 그 모든 것을 조용히 관망하고 있었다. 오직 기다림만이 케이 일행의 흔적을 추적할 수 있는 유일한 방법임을 알고 있는 것 같았다.

"발견했습니다!"

오퍼레이터의 말에 심각한 표정의 데라크스가 별다른 미동 없이 물었다.

"추적 가능한가?"

"시간은 좀 걸리겠지만 불가능한 건 아닙니다."

그러자 데라크스는 자리에서 벌떡 일어났다. 순간 브릿지 안에 있던 모든 사람들이 긴장한 채로 그를 바라보았다.

"그거면 됐어. 시간이 얼마나 걸리든 반드시 찾아내."

데라크스는 굳은 얼굴로 그 한마디를 남기고 다시 자리에 앉았다. 그의 얼굴에는 반드시 놈들을 찾아내고 말겠다는 의지가 불타고 있었다.

3.
죽음과 재생

 케이 일행은 반란군과 합류하여 제3지구의 센트럴타워로 향했다. 입수한 정보대로 운석 충돌로 병력이 도시를 대거 빠져나가 보안이 허술해진 상태였다. 모두 무기를 숨기고 타워까지 접근하는 것에 큰 어려움이 없었다.
 센트럴타워를 지키고 있는 경비도 얼마 되지 않았다. 반란군들은 자신들의 무기로 쉽게 그들을 제압했다.
 "뭐가 이렇게 쉬워? 지구인들이 원래 이렇게 약한 존재인가?"
 도로시는 몸이 덜 풀렸다고 대놓고 시위하고 있었다. 하지만 그렇게 여유를 부리는 것도 거기까지였다. 최상층에 도착하는 순간 그들을 기다리는 건, 지구인 경비대가 아니라 대형 로봇들이었다.

"침입자 발견! 당장 무기를 버리고 투항하라!"

반란군은 가지고 있는 구식 무기들로 공격해봤지만 소용없었다.

"뭐야! 저놈들 외장에 나노 메탈 장갑을 두르고 있어!"

다니엘이 당황한 목소리로 소리쳤다.

"데오르피오의 검은 강철하고 뭐가 더 센지 비교해보자!"

그 말을 들은 도로시가 창으로 로봇을 공격했지만 그녀가 믿고 있던 검은 강철도 나노 메탈에 부딪치자 구부러지고 말았다.

이런 적은 처음이었기 때문에 도로시는 아무 반응도 할 수가 없었다. 그러자 그녀가 당황한 사이, 로봇 하나가 그녀를 붙잡아 가볍게 그녀를 찢어버렸다. 물론 그녀는 빠르게 회복했지만 남은 케이 일행도 로봇들을 향해 공격을 시작했다. 하지만 검은 강철은 나노 메탈과 부딪칠 때마다 어이없이 부러지거나 구부러졌다.

'검은 강철도 나노 메탈 앞에선 그냥 어린아이 장난감이란 말인가?'

케이는 놀라움을 금치 못했다. 그뿐이 아니었다. 겨우겨우 로봇 일부를 파괴하는데 성공한다 해도 나노 메탈 역시 바로 재생되는 것을 발견한 것이다.

'검은 강철이 매장되어 있다는 것만으로도 데오르피오의 전술적 가치는 엄청난데… 이 사막에는 저런 나노 메탈이 넘쳐난다고?'

케이는 자신이 지구를 정복하고 이곳의 황제가 된다면 어떨지 상상만 해도 가슴이 벅찼다. 하지만 전세는 그들에게 불리하게 흘러가고 있었다. 도로시를 비롯해 미스터 창은 물론, 케이마저도 계속 죽음과 재생을 반복하며 지쳐가고 있었던 것이다.

당연히 지구에서 구성된 반란군들 역시 고전을 면치 못하고 있었다. 반란군을 이끌던 다니엘은 로봇의 레이저에 머리를 관통당했다. 히타노와 다른 반란군들은 수류탄까지 사용하며 응전했지만 파괴된 로봇들은 금세 재생되며 계속 그들을 괴롭혔다. 결국 소모전이 계속되면서 대부분의 반란군들은 사망했고, 그들과 함께 싸우던 히타노 역시 다리 한 쪽을 잃고 말았다.

케이 역시 자신에게 한계가 왔음을 알았다. 신체에서 재생되지 않는 부분이 점점 늘어나고 있었고, 그나마 남은 부분도 제대로 움직이지 않았다.

'이제 끝인가…….'

그 순간, 반란군 병사 한 명이 팔이 뜯긴 채 케이 쪽으로 쓰러졌다. 그 순간 병사의 상처에서 솟아오른 피 냄새가 케이의 후각을 자극했다. 생명력의 냄새였다.

케이는 그것이 자신의 몸에 흐르는 검은 혈액의 뜻이라는 걸 알았다. 자신을 재생시키는 검은 혈액들이 그 피와 생명력을 간절히 원하고 있었다. 그는 자신도 모르게 쓰러진 반란군을 잡고 그를 머리부터 뜯어 먹었다.

그러자 다시 케이의 몸에 생기가 돌기 시작했다. 아니 그 이상이었다. 보다 강하고 높은 단계로 진화하고 있다고 느꼈다.

그 모습을 보자. 도로시와 미스터 창도 자신들이 살아남는 방법을 본능적으로 깨달았다. 그리고 그들이 기생하고 있는 숙주들의 몸을 움직여 지구인의 피를 향해 가도록 했다. 검은 피에게 완전히 사로잡힌 도로시와 미스터 창도 쓰러진 병사들을 잡고 뜯어 먹었다.

그 장면을 목격한 반란군들이 비명을 질렀다. 그 피기스러운 모습에 히타노도 경악했다. 한편 로봇들은 그 모습을 가만히 보고만 있었다.

지구인들을 잡아먹은 테라륨 전사들의 몸이 변이를 시작했다. 지구인들의 붉은 피와 테라륨이 주입된 검은 피가 융합되면서 DNA 구조가 달라진 것이다. 그들의 피부는 경화되어 단단해졌고, 신체가 거대해지며 괴물 같은 모습으로 변했다.

"크ㅎㅎㅎㅎ흑······."

케이와 도로시, 미스터 창이 마구 날뛰기 시작했다. 그들은 더이상 인간이 아니었다. 이성을 잃고 짐승처럼 모든 걸 파괴하기 시작하려는 순간, 갑자기 천장에서 나노 크리스털 에너지 실드가 내려와 그들을 가뒀다.

"크으!"

이성을 잃은 테라륨 전사들이 에너지 실드를 향해 달려들었지만, 실드가 주는 충격에 가로막히자 뒤로 물러날 수밖에 없었다. 괴물의 모습으로 변한 그들은 어쩔 줄 몰라 에너지 실드 안에서 이리저리 움직였다.

그 모습을 보고 어둠 속에서 누군가가 나타났다.

"정말 흥미롭군요."

그는 에너지 실드 가까이에 다가와 안에 갇힌 괴물들을 주의 깊게 살펴보았다. 괴물들이 그를 향해 달려들었지만, 또 한번 에너지 실드의 충격이 그들을 튕겨냈다. 그 충격 덕분에 괴물로 변했던 케이가 원래의 모습으로 돌아와 이성을 찾았다.

케이는 정신을 차리고 지금 자신의 상황을 파악했다. 그리고 주변을 둘러보다 자신들이 에너지 실드에 갇혀 있다는 사실을 깨달았다. 그리고, 한 남자가 그런 자신들을 동물원 우리 속 짐승들을 보듯 바라보고 있다는 사실도.

"당신은 누구지?"

케이가 곱지 않은 눈초리로 묻자, 그가 입꼬리를 올려 거만한 미소를 지으며 대답했다.

"모두 만나서 반갑습니다. 저는 제3지구를 다스리는 통치자, 프랑수아 5세라고 합니다."

4.
변이

"당신이 여기를 다스리는 사람이라고?"

케이가 물었다.

"맞습니다. 황제라고도 하고, 통치자로도 불리죠. 지금처럼 외계인들의 습격에 대비해 이곳의 방호 시스템을 준비한 사람이기도 하고요."

"우리를 외계인이라고 부르는군."

그 호칭이 마음에 들지 않는 듯, 케이가 프랑수아 5세를 바라보며 말했다.

"혹시 다른 호칭을 원한다면 말씀해주세요. 저희도 기록에 외계인이라고 적는 건 살짝 애매하긴 합니다."

어느새 도로시와 미스터 창도 괴물의 모습에서 원래대로 돌아왔다. 케이가 이어 물었다.

"우리를 이렇게 가둔 이유가 뭐지?"

"그게… 재밌는 실험이 하나 있어요."

"실험?"

건물 어디선가 또다른 로봇들이 나타났다. 그 로봇은 빛나는 붉은 물체를 들고 있었다. 프랑수아 5세는 그것을 받아들고 케이에게 물었다.

"이게 뭔지 아십니까?"

케이가 의아한 표정을 짓고 있는 사이, 이번엔 또다른 로봇이 히타노를 붙잡아 끌고 왔다.

"이 사람은 당신들과 함께 나타난 외계인인데… 어찌된 셈인지 변이를 하지 않았네요?"

"나는 히타노 존-스미스의 아들이다!"

"오! 그 이름 정말 오랜만에 듣는군요. 죽은 반란군의 아들이라. 게다가 외계인과 지구인의 아이라니! 흥미롭군요."

"뭐? 아버지가 돌아가셨다고? 그럴리가 없어……."

"미안합니다. 모르고 계셨군요. 뭐, 너무 걱정 안 하셔도 됩니다. 당신도 곧 아버지를 따라갈 테니까."

프랑수아 5세는 전혀 미안하지 않는 표정으로 말했다.

"말이 끊겼는데, 어쨌든 이건 레드 다이아몬드라고 불리는 물질입니다. 우리는 이걸 인간에게 이식하면 어떤 강력한 힘을 발휘한다고 생각해요. 하지만 지구인의 육체는 그걸 견디지 못하더군요."

그는 히타노 쪽으로 레드 다이아몬드를 가져가며 말했다.

"외계인과 지구인 사이에서 태어난 변종으로서 최초로 이 레드 다이아몬드를 이식할 영광을 드리죠."

"뭐라고?"

깜짝 놀란 히타노가 어리둥절한 사이, 로봇이 레이저로 그의 이마에 작은 구멍을 냈고, 프랑수아 5세가 그 자리에 레드 다이아몬드를 삽입했다.

"으아아악!"

피부에서 연기가 나면서 시꺼멓게 타더니, 레드 다이아몬드가 그의 세포들과 결합해 그의 몸을 고열로 녹이기 시작했다. 고무가 녹는 것 같은 끔찍한 악취가 났다.

"음… 지구인의 피가 섞여서 그런 건가? 크게 다르진 않군요."

프랑수아 5세가 흐물거리는 피부 사이에 남겨진 레드 다이아몬드를 주워 들며 말했다.

"그 레드 다이아몬드라는 건… 뭐지?"

"우리도 잘 몰라요. 이 안에 엄청난 에너지가 농축되어 있는 건 분명한데, 어디에 쓰는지는 모르겠단 말이죠. 신체조직과 결합하는 것 같은데… 거부 반응도 너무 심하고……."

케이의 말에 대답하던 프랑수아 5세는 다시 에너지 실드에 갇힌 그들을 바라보았다.

"어쨌든 당신들은 저렇게 무의미하게 녹아내린 변종과는 달리 순수 외계인처럼 보이는데? 여러분들이 실험에 참여할 수 있는 기회는 아직 남아 있는 셈이네요."

"우리는 그 실험에 참여하지 않을 거야."

에너지 실드 안쪽의 도로시가 말했다.

"당신들의 의사가 뭐가 중요하다고."

"뭐?"

분노한 도로시가 에너지 실드의 존재를 잊고 프랑수아 5세에게 달려들다 전기 충격을 받았다.

"흠, 실험에 비협조적이신 것 같은데… 적극적인 협조를 부탁드리겠습니다."

프랑수아 5세가 통신기로 통제실에 명령을 내리자, 케이 일행을 가둔 에너지 실드에 아주 작은 통로가 하나 생겼다. 그 통로 사이로 로봇 한 대가 들어와 도로시 앞에 서더니 도로시의 몸을 다시 갈갈이 찢었다. 그녀의 몸은 재생하려 했으나, 로봇이 발사한 나노 메탈 레이저가 더 빨랐다. 다시 죽음과 재생을 반복하며 도로시는 소멸에 가까워지고 있었다.

"그만해! 그만하라고!"

미스터 창은 그 모습을 보고 안타까워 소리를 질러댔다. 말없이 지켜보던 케이가 마침내 입을 열었다.

"그 실험에 내가 지원하면 되는 건가?"

"역시… 정중하게 협조를 구하면 지원자가 나타나게 되어 있다니까요."

프랑수아 5세가 만족스러운 표정으로 말했다.

프랑수아 5세가 손짓하자 도로시를 공격하던 로봇이 레이저 발사를 멈췄다. 죽음의 문턱에서 간신히 돌아온 도로시의 몸이 매우 느린 속도로 다시 재생을 시작하고 있었다.

"조금만 더 늦었다면 재생하지 못할 뻔했어……."

미스터 창이 도로시의 모습을 보며 안타까운 목소리로 중얼거렸다.

*

레드 다이아몬드를 든 로봇 한 대가 에너지 실드 안으로 들어왔다. 로봇은 히타노에게 했듯 그의 이마에 레이저로 작은 구멍 하나를 만들었다. 그리고 그 사이에 레드 다이아몬드를 삽입했다.

"으아악!"

레드 다이아몬드가 그의 이마에 박히는 순간, 케이도 히타노처럼 비명을 질렀다. 하지만 그의 마음 속 깊은 곳에선 여태까지 그가 찾아 헤맨 강력한 힘의 빈자리를 이 레드 다이아몬드가 메워줄 거라는 예감이 들었다.

마치 그의 삶 내내 이 레드 다이아몬드가 자신을 부르고 있었고, 이제야 만나 자신이 완전해진 느낌이었다.

'우리 중 한 명의 희생이 필요하다고 했지… 그게 나였던 거냐…….'

케이는 왠지 모르게 그런 생각이 들었다.

하지만 그런 예감과 달리 그의 몸은 전혀 레드 다이아몬드를 받아들이고 있지 못했다. 히타노 때와 다를 바 없이 그의 몸은 고열로 녹아내리고 있었다. 검은 색의 혈액이 재생을 계속하면서 소멸을 막으려 했지만, 그보다 몸이 타들어가는 게 더 빨랐다.

케이 역시 더이상 버티지 못하고 검은 피와 함께 녹아내리고 말았다.

"지구인과 외계인의 차이는……."

나노 크리스털 에너지 실드가 열리고 프랑수아 5세가 들어와 레드 다이아몬드를 주워 들며 말했다.

"외계인들의 냄새가 더 고약하다는 것 정도의 차이 밖엔 없는 것 같네요."

"너 이 자식! 죽여버리겠어!"

그 말을 들은 도로시가 분노에 찬 표정으로 외쳤지만, 아직 절반 정도밖에 재생되지 않은 상태에서 도로시가 할 수 있는 건 아무것도 없었다.

"좋은 말씀 감사합니다. 몸이 그런 상태가 아니었으면 설득력이 있었을 텐데."

프랑수아 5세는 도로시의 협박에 눈 하나 깜짝하지 않았다.

"그나저나 어차피 여러분은 이거 외엔 쓸모가 없으니, 계속 실험 대상이 되어보는 게 어떨까요? 그럼 다음 순서는 누구……."

…라고 말하던 프랑수아 5세의 말이 갑자기 느려졌다. 그의 피부도 케이처럼 녹아내리기 시작한 것이다.

"뭐… 뭐야……."

지금까지 태연하던 프랑수아 5세의 얼굴에 처음으로 당황의 빛이 서렸다. 원인을 찾던 그의 눈에 레드 다이아몬드에 묻은 검은색 혈액이 들어왔다.

케이의 몸에서 나왔음이 분명한, 단 몇 방울의 피.

하지만 그것이 지금 프랑수아 5세의 몸을 무서운 속도로 갉아먹어 버리고 있었다. 레드 다이아몬드와 결합한 테라륨의 힘이었다.

"안 돼······."

몇 초 후, 자신만만한 표정으로 테라튬 전사들을 조롱하던 프랑수아 5세 역시 케이처럼 흐물흐물한 액체가 되어 바닥에 고이게 되었다.

그리고 그보다 더 놀라운 일은 그 후에 일어났다.

한동안 바닥에서 액체 상태로 있던 케이와 프랑수아 5세의 몸이 검은 피를 매개로 융합해 인간의 모습으로 재생성을 시작한 것이다. 주변에 있던 다른 사람들은 그 기괴한 광경을 말없이 지켜보고 있었다.

5.
불멸을 꿈꾸는 자

"그러니까 당신이 케이란 말인가?"

디아고는 프랑수아 5세를 보며 물었다. 그는 고개를 끄덕였다.

"네, 그 순간 레드 다이아몬드와 제 유전자가 결합하면서 제3지구의 통치자인 프랑수아 5세를 잡아먹은 것으로 보입니다. 그리고 다시 그의 형태로 부활한 것이죠."

케이의 설명은 이해할 수 없었지만, 눈앞에 있는 당사자의 말을 믿지 않을 수도 없었다. 말한 대로 그의 이마에는 레드 다이아몬드가 빛나고 있었고, 대화를 나눠본 결과 케이의 생각과 기억을 가지고 있는 것도 확실했다. 하지만 아직도 눈앞에 있는 것은 전혀 낯선 얼굴의 프랑수아 5세였다.

"섀도우 님은 이렇게 될 것을 알고 있었던 겁니까?"

디아고가 옆에 있는 바란 섀도우에게 물었다. 케이가 황제의 모습을 하고 있었기 때문에 우주에서 대기하고 있던 전함 두 대는 전투 한 번 없이 무사히 지구에 착륙 허가를 받을 수 있었다. 그리고 덕분에 디아고 의원과 아리아 2세, 헤르켄과 바란 섀도우까지 참석한 중앙의회의 회의가 전함이 아닌 화려한 황제의 집무실에서 열리고 있었던 것이다.

"제 생각에 섀도우 님은 이 상황을 분명히 예언하셨을 것 같습니다. 그 한 명의 희생이라는 거… 이제 와서 생각해보면 제 육체가 죽고 이렇게 다시 태어난다는 뜻 아닐까요?"

하지만 바란 섀도우는 정확하게 대답하지 않고 그저 미소만 지어 보일 뿐이었다.

"예언이 이루어진 후에 해석은 역사에게 맡기는 것이 상례입니다. 저는 더이상 아무 할 말이 없습니다."

그리고 바란 섀도우는 케이의 얼굴을 바라보았다.

"하지만 지금 우리를 불러 모은 것은 이 얘기를 하기 위해서는 아니겠죠?"

그의 말을 듣고 케이 역시 희미한 미소를 지었다.

"역시, 섀도우 님은 모든 것을 보고 계시는군요."

프랑수아 5세의 얼굴을 한 케이가 밖에서 기다리는 지

구인들을 불렀다. 잠시 후 아무것도 모르는 지구인들이 황제의 집무실 안으로 들어왔다.

미스터 창이 무슨 일이 벌어질지 모르고 멀뚱멀뚱 주변을 둘러보던 지구인들 옆으로 다가가더니, 날카로운 칼로 그들의 목을 베었다.

"지금 뭐 하는 짓인가!"

디아고가 깜짝 놀라 소리를 질렀다.

"쉿!"

케이가 의원들을 둘러보며 조용히 하란 손짓을 했다. 그리고 천천히 말했다.

"그렇게 놀라지 마시고, 가만히 눈을 감고 호흡을 해보세요."

디아고와 헤르켄은 상황을 파악하지 못하고 케이의 얼굴을 바라보다가 지시에 따랐다.

"느껴지지 않습니까? 당신의 피에 흐르는 테라륨이 원하는 바로 그 생명력이……."

말이 채 끝나기도 전에 유혹을 이기지 못한 디아고가 먼저 달려들어 지구인의 시체를 뜯어 먹었다. 이내 헤르켄이 그 대열에 합류했고, 방 안에 있던 도로시와 미스터 창도 한쪽 구석에서 자신들의 만찬을 즐겼다.

그렇게 지구인을 먹은 테라륨 전사들은 외형조차도 기

괴한 괴물의 모습으로 변하기 시작했다.

"다들 미쳤어요? 왜 그래요!"

테라륨의 피가 흐르지 않는 아리아 2세는 갑작스레 벌어진 이 상황을 보고도 믿을 수 없었다. 그녀는 소리를 질러댔지만, 그 말을 듣는 사람은 아무도 없었다.

"섀도우 님, 어떻게 해보세요!"

아리아 2세는 방 안에 있는 있는 사람 중 유일하게 믿을 수 있는 바란 섀도우를 바라보았지만, 그는 마치 모든 것을 예상했다는 표정으로 팔짱을 낀 채 그 지옥도를 바라만 보고 있었다.

"당신은 이것까지 알고 있었던 거죠?"

끔찍한 살육의 시간이 끝나고 난 뒤, 어느새 다시 제 모습으로 돌아온 케이가 바란 섀도우를 보며 물었다.

"테라륨의 DNA가 지구인의 DNA를 선호한다는 것, 까지는 알고 있었습니다. 그 둘이 만나면서 어떤 변화를 일으키리란 것도. 근데……."

바란 섀도우는 피로 얼룩진 집무실을 둘러보며 자신도 믿을 수 없다는 표정으로 말했다.

"그게 이런 형태일 줄은 몰랐네요."

괴물의 모습을 하고 마지막 디저트를 즐기고 있는 디아

고 의원의 모습을 보면서는 얼굴을 약간 찡그리기도 했다.

"또 저런 모습일지도······."

마지막까지 알뜰하게 식사를 마친 디아고는 괴물에서 다시 인간의 모습으로 돌아오고 있었다. 그는 변이하기 전보다 훨씬 젊고 강해진 모습이었다.

"뭐지? 느낌이 완전 다른데… 지구인의 DNA를 흡수했기 때문인가?"

자신의 모습에 놀라는 디아고를 보고 케이가 말했다.

"맞습니다. 보신 것처럼 지구인의 피가 테라륨과 결합되면 우리를 젊고 강하게 만들어주죠. 또 힘도 훨씬 강력해집니다. 부작용 때문인지 약간의 변신 과정을 거치긴 하지만."

케이가 지구인과 테라륨의 관계를 설명하는 동안 다른 사람들도 모두 변신을 마치고 자신의 모습으로 돌아오고 있었다.

"그래서 저는 이런 결론에 도달했습니다. 우리가 이 행성에 머물면서 계속해서 지구인을 섭취한다면, 그토록 바라던 불멸의 존재가 될 수 있지 않을까?"

"미쳤군요! 다 미쳤어!"

아리아 2세가 케이를 향해 강한 비난의 목소리를 냈다. 하지만 계속 방관자 역할을 하고 있는 바란 섀도우를 제외

하고 그 방에서 테라륨을 투여받지 않은 것은 그녀 뿐이었고, 테라륨을 투여받은 자들은 어느 누구도 그녀의 의견을 귀담아듣지 않았다.

"그거 놀라운 발견이군요. 하지만······."

디아고는 핏자국이 난무하는 집무실을 한 번 둘러보았다.

"식사 시간마다 이러는 건 좀 곤란하겠죠."

"네, 그래서 약간의 해결책을 준비해봤습니다. 도로시!"

케이의 말에 도로시는 재빨리 홀로그램 프로젝터를 켜고 새로운 계획에 대해 설명하기 시작했다.

"네, 그래서 그 문제를 해결하기 위해 저장소 프로젝트를 제안합니다."

저장소 프로젝트는 이미 지구인들이 건설 중인 도시 확장 프로젝트를 살짝 변형시켜 12개 구역을 만들고, 그곳에 지구인들의 양식장을 만들겠다는 생각이었다.

당연히 아리아 2세는 이 비인도적인 발상에 경악했다. 하지만 불멸에 눈이 먼 테라륨 투여자들은 그녀의 반대 따윈 아랑곳하지 않았다.

그들은 지구의 황제가 된 케이를 중심으로, 자신들의 뜻대로 제3지구를 개조하기 시작했다. 카림은 약속대로 군사령관의 자리에 앉았고, 테라륨을 투여받은 전사들 역시 모두 요직에 앉아 그곳을 이끌어 나갔다.

그렇게 제3지구에서는 케이와 그 일행들에 의한 독재가 시작되었다. 하지만 지구인들은 자신들의 삶을 영원히 바꿔놓을 변화가 이루어진 것도 모른 채 그저 살아갈 뿐이었다.

*

그 사이 우주 저편의 페르다 왕국에선 페르다 2세의 서거 소식이 전해졌다. 그동안 막후에 있던 데라크스는 후손이 없는 페르다 2세의 뒤를 이어 스스로 황제에 등극하며 마침내 우주의 패권을 장악했다.

그가 황제의 자리에 오르고 나서 한 첫 번째 일은 자신이 다스리는 은하계 전체에 제3지구의 존재를 공표하고, 그 영토를 페르다 왕국의 것으로 귀속시키겠다는 선언을 한 것이었다. 그는 우주의 황제로서 제3지구의 통치자에게 절대적 복종을 명령했다. 물론 그가 자신의 과학기술을 이용해 제3지구의 좌표를 알아냈으며, 만약 이 명령을 거부할 경우 그곳을 침략해 무력으로 점령하겠다는 협박도 빼놓지 않았다.

케이는 일단 시간을 벌기로 했다. 제3지구의 기술력도 꽤 발달해 있었지만, 그렇다고 페르다 왕국과의 전쟁에서 승리를 확신할 정도는 아니었다. 그는 미스터 창을 통해 황제에게 복종하겠다는 메시지를 보내고, 그러면서 뒤로는 그에게 대항할 방법을 찾아보기로 했다. 물론 이러한 판단을 내리게 된 것에는 시간을 끌수록 케이에게 유리한 시기가 찾아올 거라는 바란 섀도우의 충고가 중요한 역할을 했다.

*

1년 후, 칼루쏘 행성을 떠난 아리아 3세와 아란테 가디언은 케이의 GPS 신호를 따라 제3지구에 도착했다.

때는 이미 제3지구의 12구역에 인간 양식장이 완성되어 가는 중이었다.

그렇게 전 우주의 역사는 또 한번 다른 방향으로 흘러가고 있었다.

에필로그

업무를 마친 데라크스는 자신의 대저택으로 돌아와 술잔을 들고 발코니에서 붉게 물들인 하늘을 바라보았다.

"오늘은 노을이 참 예쁘군."

하늘을 보던 그가 고개를 땅으로 내리자, 자신의 집 앞에 걸려 있는 한스-아리아의 시신이 보였다. 얼마 전 그를 처형하고 난 뒤 자신을 배신한 자들에게 본보기를 보이고자 그곳에 걸어놓은 것이었다.

"너무 뭐라고 하지 마. 곧 치울 거니까."

데라크스는 방 안에 누군가 있는 듯이 그렇게 말했다.

"원래 정치라는 게 그런 거야. 잔혹해져야 할 때가 있어. 아니, 그걸 제일 잘 아는 게 당신 아닌가?"

그는 술을 한 모금 마시고 천천히 방 안으로 들어왔다. 그리고 방 한구석에 자리 잡은 냉동캡슐을 보며 술잔을 치

켜들었다.

"오랜만에 집에 돌아오니까 어때? 다시 돌아온 당신을 위해 건배."

데라크스는 남은 술잔을 한 번에 비워버렸다. 냉동캡슐 쪽으로 뚜벅뚜벅 걸어가 그것을 열었다. 그 안에는 차갑게 식어버린 알렉산드라-아리아의 시신이 있었다. 데라크스는 천천히 손을 뻗어 그녀의 얼굴을 어루만졌다.

"당신이 차가운 여자인 줄은 알았는데… 이 정도였어?"

그는 알렉산드라-아리아의 입술에 가볍게 입을 맞췄다.

"왜 그런지 모르겠는데… 그리웠어… 당신이……."

데라크스는 알렉산드라-아리아의 시신을 한참 동안 쳐다보았다. 그리고 다시 캡슐 문을 닫았다.

"그래, 이래야 진짜 당신이지……."

그의 얼굴에 희미한 미소가 어렸다.

"다행이야. 이제 날 배신할 수 없을 테니까……."

데라크스가 캡슐 쪽을 향해 속삭였다.

"이젠 나도 당신을 진심으로 사랑할 수 있을 것 같아. 근데… 이렇게 죽어버린 당신밖에 사랑할 수 없는 게, 그게 좀 아쉽네."

그는 냉동캡슐을 끌어안고 잠시 가만히 있었다. 캡슐은 차가웠지만, 그는 왠지 그것이 따뜻하다는 생각이 들었다.

2020년 신세계그룹이 설립한 마인드마크는 장르와 미디어를 넘나드는 앞서가는 크리에이티브 콘텐츠 스튜디오입니다. 영화, 드라마, 공연, 전시 그리고 출판에 이르기까지 마인드마크만의 오리지널 스토리로 전 세계 사람들과 만납니다. 마인드마크는 사람들의 마음과 기억(마인드)에 오래도록 남는 감동이자 잊지 못할 경험(마크) 그 자체입니다.

제3지구 Vol. 3
© 윤재호 & 마인드마크 2025

초판 인쇄 2025년 9월 30일
초판 발행 2025년 10월 13일

지은이 윤재호
스토리IP팀장 서언중
책임편집 원예지
편집 이어원

디자인 표지 김형균 본문 2NS
마케팅 서언중 원예지
제작처 영신사

발행처 ㈜마인드마크
출판등록 2024년 5월 9일 제2024-138호
주소 (06810) 서울 강남구 선릉로162길 35(청담동)
전화 02-2280-1301 팩스 02-2280-1398
이메일 mindmark-story@shinsegae.com

ISBN 979-11-994501-1-0(04810)
      979-11-988149-8-2(세트)

* 이 책의 판권은 저자와 마인드마크에 있습니다.
* 이 책의 전부 또는 일부를 재사용하려면 저작권자와 마인드마크의 동의를 받아야 합니다.